LE PRINCE
AUX DEUX VISAGES

W0311430

DU MÊME AUTEUR

L'Ile du couchant, Gallimard, 2021.

Le Faucon, Gallimard, 2020.

Moi, Jérusalem, Plon, 2019.

L'Épopée d'Ulysse, Larousse, 2018.

Averroès ou le Secrétaire du diable, Fayard, 2017.

Je m'appelle Jeanne d'Arc, Leduc jeunesse, 2017.

L'Enfant de Troie, Larousse, 2017.

Le Sabre d'Allah, Robert Laffont, 2016.

Irena Sendlerowa. Juste parmi les nations, Don Quichotte, 2016.

La Découverte du tombeau de Toutankhamon, Larousse, 2016.

L'Envoyé de Dieu, L'Archipel, 2015 ; Archipoche, 2021.

Le Petit Livre des grandes coïncidences, Télémaque, 2015.

L'Aigle égyptien, Nasser, Tallandier, 2015.

La Nuit de Maritzburg, Flammarion, 2014.

Les Nuits du Caire, Arthaud, 2013.

L'homme qui regardait la nuit, Flammarion, 2012.

Impressions d'Égypte, avec Denis Dailleux, La Martinière, 2011.

Douze Femmes d'Orient qui ont changé l'histoire, Pygmalion, 2011.

Inch' Allah :

1. *Le Souffle du jasmin*, Flammarion, 2010.
2. *Le Cri des pierres*, Flammarion, 2011.
3. *Les Cinq Quartiers de la Lune*, Flammarion, 2016.

Erevan, Flammarion, 2009.

La Dame à la Lampe, Calmann-Lévy, 2008.

(Suite en fin de volume)

GILBERT SINOUÉ

LE PRINCE AUX DEUX VISAGES

roman

l'Archipel

Notre catalogue est consultable à l'adresse suivante :
www.editionsarchipel.com

Éditions de l'Archipel
92, avenue de France
75013 Paris

ISBN 978-2-8098-2313-4

Copyright © L'Archipel, 2021.

Ce livre est dédié à la mémoire de Gerald Messadié,
qui fut un prince à sa manière.

1

Paris, 1962

— Merveilleux film ! Je ne savais rien de la vie de Lawrence, me dit ma femme, Françoise, tandis que nous nous dirigions vers la sortie du cinéma, dans le quartier de l'Odéon, à Paris.

Nous venions d'assister à la projection de *Lawrence of Arabia* de David Lean.

L'idée m'effleura que le physique de Peter O'Toole servait la gloire du héros auprès du public féminin, quand je fus bousculé par un spectateur manifestement en proie à une grande agitation. Je fus à deux doigts de perdre l'équilibre et de m'affaler.

— Oh, *sorry* ! Pardon ! s'écria l'agité, visiblement sincère.

Je le considérai : taille moyenne, troisième âge. Sa compagne paraissait tout aussi confuse.

— Désolé ! dit-elle à son tour, avec un fort accent étranger.

Des Anglais ou des Américains.

— Ce n'est pas bien grave. Rien de cassé.

L'homme se présenta.

— Alan Carswell. Ma femme, Annie.

Je répliquai machinalement :

— Paul Savarus. Mon épouse, Françoise.

Il reprit, nous prenant de court :

— Que diriez-vous si, pour nous faire pardonner, nous vous invitions à dîner ? Ne dites pas non, s'il vous plaît. Je connais un excellent restaurant à deux pas.

Je consultai ma femme du regard : elle acquiesça d'un haussement d'épaules. Nous n'avions rien prévu et partagions, depuis toujours, le goût des rencontres impromptues. Je ne sais plus qui a dit : « La stupidité et le génie se rencontrent sur un terrain qui leur est commun : l'imprévu. » Nous allions voir lequel des deux l'emporterait.

Nous n'avons eu qu'à tourner au coin de la rue. L'établissement semblait accueillant. Nous avons commandé.

— C'est ce film qui m'a mis hors de moi, dit soudain Carswell.

— Ah bon ? s'étonna Françoise. Pourquoi donc ? Nous l'avons trouvé très réussi.

— *Poppycock!* Balivernes ! Nous sommes dans un conte à l'eau de rose !

— Un conte ?

— Parfaitement.

J'ai protesté.

— Je vous avoue que je trouve votre critique quelque peu surprenante.

— Parce que vous êtes jeune ! répliqua le dénommé Carswell. Quel âge avez-vous donc ? La cinquantaine, j'imagine.

— Cinquante-deux, précisément. Quant à l'âge de mon épouse… Je n'ai jamais osé le lui demander.

Carswell s'esclaffa.

— Vous avez bien raison ! Vous ne pouvez évidemment pas le savoir, mais le personnage et l'histoire sont à mille lieues de la vérité.

— Parfaitement, monsieur, surenchérit Annie Carswell, *It's Hollywood!* Je ne m'étonne pas qu'Albert Finney et Marlon Brando aient refusé le rôle. Vous savez ce que Noël Coward a dit de Peter O'Toole après la première du film ? « Il aurait dû s'appeler *Florence of Arabia.* »

Nous n'avons pu retenir un éclat de rire.

Annie précisa :

— Il se fait que mon mari a connu Lawrence. Pas intimement, bien sûr, mais assez pour en parler.

Je fixai Alan, soudainement intéressé. Historien et romancier, j'étais toujours à l'affût d'un sujet tant soit peu original.

— Vous avez *vraiment* connu Lawrence ?

— Absolument, dit-il. J'ai soixante-quatorze ans. Il est né en 1888. J'étais son cadet de deux ans. Archéologue en retraite. L'histoire de Lawrence a pesé sur celle du Moyen-Orient, mais pas de la façon décrite par les réalisateurs de films.

Je me permis de faire remarquer :

— Il se fait que je connais assez bien le Moyen-Orient, pour y avoir souvent voyagé. Et j'ai toujours appris que Lawrence y avait joué un rôle majeur au cours de la Grande Guerre.

— Tout ce que l'on a écrit sur lui, ce sont des fables d'excités ! déclara-t-il, avec un geste si brusque qu'il renversa son verre de vin.

Heureusement, il l'avait déjà bu.

— Était-il aussi beau que Peter O'Toole ? demanda ma femme d'un ton léger.

— Oh, que non ! Il était maigrichon, il mesurait un mètre soixante-six et avait un menton en galoche. Seuls ses yeux bleu-gris étaient dignes d'intérêt.

— À quelle occasion l'avez-vous rencontré ? demandai-je.

— À Oxford. Au St John's College, en 1908. Je venais d'avoir dix-huit ans et j'entamais des études d'archéologie. Le pseudo-Lawrence, qui avait décroché une bourse, y préparait une licence d'histoire, et il tournait comme un bourdon autour de David Hogarth, le conservateur du plus ancien musée de sciences naturelles d'outre-Manche, l'Ashmolean Museum d'Oxford.

J'ai fait les yeux ronds.

— Pourquoi le « pseudo-Lawrence » ?

— Parce que ce n'était le nom de personne. Il se faisait aussi appeler « Ross », ou « Shaw ».

J'étais surpris. J'avais lu deux ou trois articles sur Lawrence et je me croyais informé.

— Son père, reprit-il, s'appelait Thomas Robert Chapman. Il était né en 1846. Il appartenait à la *gentry*, septième et dernier baronnet de ce nom. Il avait hérité de domaines appréciables au nord de Dublin, dont un manoir dans le comté de Meath, en Irlande, à Killua. En 1873, il épousa Edith Sarah Hamilton, une cousine de son rang social mais affublée d'une bigoterie maladive et d'un caractère si acariâtre que, dans le village, on l'avait surnommée ironiquement *the Queen Vinegar*, « la Reine Vinaigre », en référence à Élisabeth Ire, la fameuse « Reine Vierge » ou « Sainte Vipère ». C'est vous dire ! On se demande comment elle a trouvé le temps de pondre quatre filles, entre les vêpres et les bénédicités ! Ce qui est sûr, c'est que la chère dame faisait de leur vie conjugale un véritable enfer.

— Décidément…

— Thomas Chapman était trop jeune ou trop faible pour supporter pareille bigote acariâtre, et le divorce impensable. On n'a plus idée, aujourd'hui, de ce que fut la moralité victorienne, les États totalitaires étant d'aimables sociétés en comparaison. Rappelez-vous le scandale Oscar Wilde : on a envoyé un grand écrivain reconnu au bagne de Reading parce qu'il entretenait une relation amoureuse avec le fils du marquis de Queensberry, Alfred Douglas ! Une liaison qui, de nos jours, n'obtiendrait même pas les honneurs d'un entrefilet dans la presse, devint l'équivalent de votre affaire Dreyfus...

Je ne pus qu'acquiescer.

— Et puis, un beau jour, les Chapman décidèrent de faire appel à une nurse. Une Écossaise. Elle s'appelait Sarah Junner, elle avait vingt-quatre ans, aussi appétissante que presbytérienne pratiquante. Elle présentait l'apparence d'une femme douce, affable. En apparence, du moins. Vous savez ce que l'on dit des apparences...

— J'imagine que ce qui devait arriver arriva, commenta mon épouse doctement.

— Évidemment. Thomas Chapman ne tarda pas à succomber au charme de miss Junner qui était, précisons-le, de quinze ans sa cadette. Bientôt, elle fut enceinte de ses œuvres. Que faire ? Avant que son ventre ne présentât de coupables rondeurs, Thomas et elle jugèrent plus prudent qu'elle rendît son tablier et qu'elle aille s'installer dans un petit appartement que son amant s'était empressé de lui trouver à Dublin.

Ma femme eut un sursaut.

— Pardon, monsieur Carswell, comment savez-vous ces détails ?

— Rien de sorcier. Il suffit d'avoir lu la biographie que Richard Aldington a consacrée à notre héros, en 1955. *Lawrence of Arabia: A Biographical Enquiry*. Traduit en France sous le titre accrocheur de « Lawrence l'imposteur ».

Il s'interrompit pour annoncer d'un air triste :

— Le malheureux vient tout juste de mourir, ici, en France, à cinquante kilomètres de Paris. Je l'appréciais énormément. Je n'ai même pas pu me rendre à son enterrement. Le *Times* lui a consacré un bref article qui résume bien ce que lui a coûté cette biographie. Je cite : « *An angry young man of the generation before they became fashionable, he remained something of an angry old man to the end*... L'un de ces jeunes hommes en colère et qui a fini comme un vieil homme en colère. » Il a eu un mal fou à trouver un éditeur, tant le contenu de sa biographie était peu... – il chercha le mot... – orthodoxe.

— Je vais m'empresser de l'acheter.

— Vous verrez, Aldington a fait un excellent travail. Et encore... il n'a pas vraiment tout révélé !

Je sourcillai.

— Oui, assura Carswell sur un ton soudain mystérieux. Il en savait beaucoup plus.

Et il changea de sujet, comme s'il en avait trop dit :

— Je présume que vous ignorez que, dans les années 1920, lorsque le présumé Lawrence a commencé à défrayer la chronique, les journalistes ont enquêté sur les traces de la police, qui les avait évidemment précédés.

— La police ?

Alan Carswell nous considéra d'un air amusé.

— La police, oui. Vous ignorez peut-être que les polices du monde entier n'ont pas attendu le FBI pour enquêter sur certains citoyens qui faisaient parler d'eux. Du temps des tsars, les Russes avaient déjà créé l'Okhrana, et l'on n'a pas assez dit que Staline en avait été un agent. La police de Leurs Majestés Édouard VII et George V tenait à l'œil les citoyens remuants. Dès qu'il atteint une certaine notoriété, comme ce fut le cas de Lawrence, un citoyen suscite des curiosités. Il existe aussi des registres d'état civil et des témoins qui, parfois, livrent des informations utiles. Tout ce que je vous dis était déjà connu à son époque et a fini par être publié. Je n'invente rien et ne fais que relater tout ce que nombre d'historiens savent. Bref... En 1885, Thomas Chapman, dont la liaison extraconjugale avait fini par être révélée grâce aux indiscrétions d'un domestique, s'est vu contraint de plier bagage pour aller rejoindre sa maîtresse à Dublin. C'est là qu'elle a accouché de son premier enfant, Montaigu Robert. Il fut inscrit à l'état civil sous le nom de son père, Chapman.

Il prit une brève inspiration :

— Précisons que Sarah et Thomas n'ont jamais pu légaliser leur union, car Edith Chapman n'a jamais accepté de divorcer. Certes, sur le certificat de baptême de leur troisième fils, William, il est mentionné que le couple s'est marié à la St Peters Church de Dublin. Mais c'est un faux ! Aucune note n'existe à ce sujet dans les registres de l'église.

Alan agita les mains comme pour chasser un essaim de feux follets.

— Savez-vous ce que m'a confié un jour T. E. ? « Mon père m'a dit que j'étais un bâtard lorsque j'avais onze ans. » Cette révélation lui a causé un tel choc qu'il en conserva toujours l'empreinte. Il ne comprenait pas comment ses parents pouvaient prôner avec acharnement les valeurs chrétiennes, être des piliers d'église de la société oxfordienne et vivre en même temps dans l'opprobre. Comment sa mère, si prude, osait-elle taxer le théâtre et la danse d'« activités pécheresses » tout en se déshonorant par l'adultère ? Cette contradiction le hantera longtemps ; il ne l'acceptera jamais.

Il but une lampée de vin avant de poursuivre :

— Vous ne pouvez pas imaginer, de nos jours, le poids d'une telle tare dans l'Angleterre victorienne : elle mettait les coupables au ban de la société, elle les condamnait à la honte éternelle. On voyait presque les Furies armées de fouets les survoler chaque fois qu'ils mettaient le nez dehors ! Afin d'échapper à l'opprobre et aux regards lourds de mépris, le couple a fui pour s'installer dans une pension de famille à Tremadoc, dans le Carnarvonshire, au nord du pays de Galles. C'est à ce moment que Thomas Chapman décida d'adopter le pseudonyme de « Lawrence ». Pourquoi « Lawrence » ? Parce qu'il semble que ce fût le prénom supposé du père de Sarah.

— Supposé ? fis-je remarquer.

— Oui, j'ai bien dit « supposé ». Sarah Junner était elle-même une enfant illégitime.

— Décidément !

— Ce fut là, à Tremadoc, qu'en 1888 naquit Thomas Edward ; il serait le deuxième de cinq garçons et le premier à porter le nom de Lawrence.

Carswell tira de sa poche une boîte de petits cigares et m'en offrit un.

— Il faut savoir que Thomas Edward Chapman, dit Lawrence, dit Ned, dit Shaw, dit Lawrence d'Arabie, est né sous une bien mauvaise étoile. Et cela, pour deux raisons. La première, c'est que Sarah Junner était elle-même, comme je vous l'ai dit, une enfant illégitime, donc elle aussi une « fille du péché ». Elle avait été élevée par un oncle pasteur de l'Église épiscopalienne d'Écosse, dans la solitude de l'île de Skye. Par-dessus le marché, c'était une fille d'alcooliques à une époque où l'on pensait que l'alcoolisme était héréditaire, et pénétrée d'un fondamentalisme biblique délirant. Elle était persuadée que son devoir était de faire expier à ses enfants leurs naissances illégitimes autant qu'elle s'était attachée à expier la sienne.

Je fus frappé par l'expression d'Annie Carswell: un mépris sans faille.

— De surcroît, poursuivit Alan, Sarah avait inscrit sa famille dans la communauté évangélique de la paroisse de St Aldates, dont le pasteur, le révérend Alfred Christopher, fouettait ardemment la ferveur de ses ouailles pour le renouveau de la foi. Vous avez sans doute entendu parler de ce genre d'illuminés qui finissent parfois par se suicider en groupe, tels les adeptes du Temple du Peuple. Les fidèles du révérend Christopher étaient priés de prendre la Bible au sens littéral: Dieu a créé le monde en sept jours, croyez-le ou quittez l'assemblée! Il y avait alors plus de quarante ans que Darwin avait publié *De l'origine des espèces*. Aujourd'hui encore, il y a des fous furieux qui, aux États-Unis, professent ce genre de billevesées: les créationnistes. En tout cas, le moins que l'on puisse dire, c'est que le jeune Lawrence n'a pas grandi dans un milieu éclairé.

— Et le père, dans tout ça? questionna Françoise.

— Un être faible, un rentier habitué à une vie de loisirs, porté lui aussi sur la bouteille et, surtout, sur les femmes. Il était ce que l'on appelait jadis un viveur. Il n'intervenait que pour résoudre les crises déclenchées par la fureur rigoriste de la mère. Thomas Chapman avait échangé une mégère contre une fanatique. L'autorité était aux mains de Sarah Junner, qui espérait que ses fils deviendraient missionnaires. Il n'en fut qu'un, Robert, l'aîné, qui l'accompagna en Chine maintes années plus tard. Lui et sa mère en revinrent d'ailleurs déçus; les événements politiques ne permettaient pas l'évangélisation pacifique des incroyants asiatiques. Entretemps, elle avait imposé aux cinq garçons, Montaigu Robert, Thomas Edward, William, Frank et Arnold, une férule rigoureuse et le « goût du martyre ».

Rien de toute cette histoire ne correspondait à ce que j'aurais imaginé de l'enfance d'un héros. Ça ressemblait plutôt à un roman inconnu de Charles Dickens, un *Oliver Twist* ou un *David Copperfield* inédits.

Carswell enfonça le clou.

— Mrs Junner fouettait souvent le jeune Thomas Edward. Or, c'était un traitement qu'elle n'avait infligé qu'une ou deux fois à ses frères et que l'aîné n'avait jamais reçu. Avez-vous déjà été fouetté ?

Je secouai la tête avec un petit rire, tant la question me paraissait absurde.

— Dans ce cas, enchaîna Carswell d'un ton doctoral, sachez qu'à la différence de la main ou du bâton, le fouet ne peut être considéré comme ayant été appliqué que s'il a claqué sur la peau, ce qui est immanquablement pénible et laisse des traces brûlantes. Or, c'est le châtiment qu'avait choisi Sarah Junner. Pourquoi l'administrait-elle à ce fils-là ? Parce que le futur « *Lawrence of Arabia* » était son double : tenace, têtu, réfractaire à toutes obligations, fût-ce celle de prendre ses médicaments. La psychologie moderne a démontré l'importance des expériences enfantines dans la formation d'une personnalité, et notamment celle des relations avec les parents. Faute de témoins directs et fiables de ce qu'a été l'enfance de Lawrence au quotidien, je m'en remets à la confidence du benjamin de la famille, Arnold : « Mon impression dominante est que sa mère lui a infligé une blessure pour la vie. » Et, à mon avis, ça n'a pas été seulement par le fouet. Il avait son caractère et elle était autoritaire à l'excès. La relation ne pouvait être que conflictuelle.

Je fis observer :

— C'est surprenant, monsieur Carswell, vous semblez connaître son histoire par cœur.

— Par tête, rectifia Carswell, en essuyant son assiette d'un quignon de pain. Et bien plus que vous ne l'imaginez !

Il ajouta, avec de nouveau cet air mystérieux :

— Il se fait aussi qu'à l'instar de Richard Aldington, j'ai eu connaissance de certaines choses...

Et il enchaîna, très vite :

— À Oxford, tout le monde connaissait tout le monde. Quand je suis entré au Jesus College, en 1909, Robert Chapman, l'aîné de notre héros, y était déjà depuis deux ans, et le puîné de celui-ci, William, venait de s'inscrire ; tous deux sous le nom de « Lawrence ».

Carswell avait demandé du fromage et son œil parcourut avec gourmandise le plateau qu'on lui présentait ; il choisit le brie. J'admirais la vitalité et la pétulance de cet homme, à un âge où certains se replient sur eux-mêmes et se laissent décatir.

— Pouvez-vous croire que ce n'est pas avant son édition de 1994 que l'*Encyclopædia Britannica* a mentionné le fait que Lawrence s'appelait, en réalité, Chapman ? À Jesus College, il y avait un étudiant du nom de Vyvyan Richards, homosexuel notoire, ami attitré de Lawrence, ou dirais-je son amoureux transi...

Françoise sursauta :

— Son amoureux ?

— Parfaitement. Si vous en doutez, vous devriez lire les propres confidences de Vyvyan : *Portrait of T.E. Lawrence*, publié en 1939. Tout est là. Lui et ses camarades ne parlaient que « d'un étudiant mystérieux que l'on ne voyait jamais de jour, mais qui se promenait tout seul la nuit, pendant des heures, seul dans la cour ».

— J'imagine que c'était Lawrence ? demanda ma femme.

— Qui d'autre ? Il ne participait pas à la vie intérieure du collège. Les sports d'équipe, comme le football ou le cricket, l'ennuyaient : il n'y voyait que des compétitions réglementées, sans utilité. En revanche, Graves nous dit qu'« il devint un gaillard aux capacités physiques exceptionnelles, d'une endurance frisant le masochisme et d'une audace versant dans la témérité », et qu'« il parcourait les nombreuses rivières d'Oxford en canot. Ses explorations à l'air libre ne lui suffisant pas, il rechercha les cours d'eau souterrains ». Et Vyvyan Richards d'écrire : « Une fois, en hiver, il vint frapper à ma porte après minuit et me demanda d'aller me baigner avec lui. Il voulait que nous essayions ensemble de plonger à travers la glace. Cela me sembla trop dangereux et il y alla seul. »

— Du masochisme… ou le goût du risque, commenta Françoise.

— Tout dépend du point de vue. Quoi qu'il en soit, il semble qu'il n'était pas très assidu aux cours. Les supérieurs du Jesus College ont fait preuve de beaucoup de patience. Il y a habité trois ou six mois, je ne sais pas, personne ne le sait, et comme il ne pouvait pas payer sa pension, il retourna vivre chez ses parents où il ne se comporta pas mieux. C'est un des rares points vrais que l'écrivain Robert Graves ait mentionné : il partait dans des équipées mystérieuses, sans jamais dire où il allait ni quand il rentrerait. Il revenait au beau milieu de la nuit et s'introduisait par une fenêtre, afin qu'au matin on le trouvât dans son lit. Ensuite, pour éviter toute surveillance, il refusa de dormir sous le même toit que ses parents et se construisit, dans le jardin, un petit kiosque qui lui servit de chambre. Vous me suivez ?

Personnellement, je ne comprenais pas l'agacement de mon interlocuteur et je ne voyais dans sa description qu'un personnage rebelle, rien de bien différent de celui qu'il serait durant toute sa vie. Y avait-il un autre Lawrence ? Je confiai mes réflexions à Carswell et guettai sa réaction.

— Je vois ce que vous voulez dire, répondit-il, mais vous vous doutez bien que l'enfance et l'adolescence façonnent l'adulte. Si on a si mal compris Lawrence, c'est que l'on ne savait, ou que l'on a feint de ne savoir que peu de choses sur ces deux périodes de sa vie. Par la suite, on a inventé un personnage qui correspondait aux idées que nous, Anglais, nous faisions d'un héros. Mais quand Richard Aldington a publié la biographie de Lawrence, les admirateurs de celui-ci ont poussé les hauts cris. Et pour cause : il le qualifiait de *prima donna* de la guérilla arabe et d'imposteur.

— Alan, il se fait tard, observa soudain Annie Carswell.

Carswell jeta un coup d'œil sur sa montre et opina.

— Ma femme a raison. Nous n'avons plus l'âge des veillées tardives.

— Vous n'avez jamais écrit de livre sur Lawrence ? demandai-je en me levant.

— Non, pourquoi l'aurais-je fait ? Difficile de déboulonner un mythe. Aldington l'a fait, il a dû affronter un tombereau d'injures et il a sombré dans la dépression. Lorsque j'en ai discuté avec lui, il m'a avoué que si c'était à refaire, il s'en dispenserait. D'ailleurs, ce n'est pas le travail d'un archéologue que d'écrire des biographies. Mais vous, peut-être, qui sait ?

Je souris.

— À moins de pouvoir interroger Lawrence lui-même, je ne vois vraiment pas ce que je pourrais apporter de plus.

Il se tut, son regard parut se perdre vers on ne sait quoi et il reprit cette même expression mystérieuse :

— Vous savez, même les morts sont capables de parler.

— Vous habitez Paris ? interrogea Annie Carswell qui s'impatientait.

— Absolument. Dans le XVIIe.

— Vous voulez bien nous laisser vos coordonnées ?

Je les gribouillai sur une serviette en papier.

— Parfait ! Je vous appellerai, lança Alan. Je vous aime bien !

2

Il a rappelé.

Et nous nous sommes retrouvés, une semaine plus tard, dans un restaurant place d'Iéna. Entre-temps, je m'étais plongé dans la lecture de la biographie de Richard Aldington : *Lawrence l'imposteur*. À quelques nuances près, j'y avais retrouvé les commentaires de Carswell.

En arrivant au restaurant, je fus tout de suite frappé par le teint blafard qui couvrait les traits de Carswell. Il semblait avoir vieilli depuis la dernière fois.

À peine la commande passée, Françoise ouvrit le feu.

— Monsieur Carswell…

— Plus de « monsieur », je préfère Alan.

— Très bien, Alan…

Les baies du restaurant donnaient sur la Seine. Un bateau-mouche passa, scintillant de lumière sur les eaux mouchetées de reflets ; il évoquait lui aussi une légende qui passe dans la nuit.

Je déclarai :

— Je vous avoue que vos propos sur Lawrence m'ont mis l'eau à la bouche. Quelle enfance que celle de cet homme !

— Vous ne croyez pas si bien dire, Paul. Dans la seule confidence écrite qu'il ait jamais livrée sur sa mère, à Charlotte Shaw, l'épouse de George Bernard Shaw, avec qui il était très lié, Lawrence déclarait : « Aucune confiance n'a jamais existé entre ma mère et moi. Toutes les fois où nous étions ensemble, chacun de nous gardait jalousement sa propre individualité. Je me suis toujours senti assiégé par elle : elle m'aurait pris d'assaut si j'avais laissé sans défense la moindre fente dans les remparts… »

Il s'interrompit, farfouilla dans les poches de sa veste et me tendit une feuille pliée en quatre.

— Tenez, dit-il, un cadeau.

— Qu'est-ce ?

— Lisez donc.

J'obtempérai.

— « Mère est assez surprenante : extrêmement captivante. Elle a des idées si arrêtées, si catégoriques. Je suis terrifié à l'idée qu'elle sache quelque chose de mes sentiments, de mes convictions ou bien de ma façon de vivre. Elle a vécu entièrement pour mon père, qu'elle a jalousement arraché à sa vie et à son pays d'autrefois, contre vents et marées, et qu'elle a conservé comme trophée de son pouvoir. C'est à ma mère que je dois cette horreur de tout ce qui est famille et indiscrétion. Et, malgré tout, vous devez saisir qu'elle est ma mère, et quelqu'un d'extraordinaire. Le fait de l'avoir connue me préservera à jamais de faire d'aucune femme une mère, par qui naîtraient des enfants. Je pense qu'elle s'en doute : mais elle ignore que ce conflit intérieur fait de moi une guerre civile permanente… »

— C'est un autre extrait de la lettre adressée à Charlotte Shaw. Éloquente, non ?

J'ai confirmé.

Carswell observa une pause et, décidément intarissable, reprit :

— Quand je vous disais que cette *prima donna* a été marquée au fer rouge par son enfance… N'oublions pas, non plus, que son père était certes au ban de la société, déclassé, mais avec certains moyens ; Thomas Edward, notre Lawrence, a d'ailleurs précisé le montant des revenus de ce dernier: «400 livres par an.» Voilà qui suffisait à assurer un niveau de vie comparable à celui d'un bourgeois moyen de l'époque. En 1914, après la mort de l'un de ses cousins en Irlande, la situation financière de Thomas s'améliora; il hérita de la baronnie et d'un capital considérable. Deux ans plus tard, il donna une partie de cet argent à ses trois fils survivants, Will ayant été officiellement porté disparu au combat. Lorsqu'il est devenu clair que Will était bel et bien mort, T. E. offrit 3 000 des 5 000 livres que son père lui avait données à une mystérieuse Janet Laurie. Il semble que ce fût une amie d'enfance. Mais les Chapman étaient condamnés à une existence errante: s'ils étaient restés trop longtemps dans une ville, on aurait fini par percer leur secret et ils auraient, une fois de plus, été frappés d'indignité. Ils allaient là où ils pouvaient trouver les logements les moins chers, d'abord en Écosse, dans l'île de Man, en Bretagne, dans l'île anglo-normande de Wight, et, enfin, dans le Hampshire. Ce fut à Kirkcudbright, en Écosse du Sud, qu'en 1890 Sarah Junner mit au monde son troisième enfant, de nouveau un garçon, William George. En 1891, les Lawrence se sont établis à Dinard, sans doute en raison du taux de change favorable de la livre sterling. Le petit Thomas Edward avait alors trois ans.

Carswell loucha sur le mégot qu'il tenait entre ses doigts et l'éteignit.

Ma femme en profita pour demander:

— Mais comment cet enfant martyr est-il arrivé à se transformer en légende?

— Parce qu'il y a lui-même contribué. Ce petit garçon fouetté et malheureux s'est pris assez tôt à rêver de gloire. Quand il a grandi, il a commencé à mentir. Il a prétendu, par exemple, qu'il était né le 15 août 1888. Or, c'était inexact, et il le savait bien : il était né le 16 et avait avancé sa date de naissance pour qu'elle coïncide avec le jour de naissance de Napoléon !

Carswell gloussa.

— Et ça a marché ! Le capitaine Liddell Hart, l'un de ses biographes réputés, ou dirais-je son hagiographe, s'en est émerveillé…

Alan cita :

— « *History hardly offers a clearer case of a man born for a mission, of a life moving along a path pointed out by fate* » – l'histoire n'offre guère d'exemple plus probant d'un homme né pour accomplir une mission, d'une vie suivant un chemin tracé par le destin. Le même Liddell Hart, que l'on continue pourtant de citer, avait pris pour argent comptant les propos de Lawrence, et il raconte ces balivernes : « À quatre ans, il lisait les journaux et des livres. » Et encore : « À six ans, il apprenait le latin grâce à des cours particuliers et, à huit, il entrait à l'école de la ville d'Oxford… » C'est évidemment délirant : à quatre ans, en 1892, notre homme se trouvait à Dinard avec ses parents et nul ne peut croire qu'il lisait *Le Nouvelliste du Morbihan*, ni qu'il suivait des leçons de latin. C'est encore Liddell Hart, reprenant sans doute des propos de Lawrence, qui prétend que Thomas parlait déjà le français à huit ans. Il l'a bredouillé tout au plus quand il était à Dinard et, à huit ans, en 1896, il habitait à la lisière de la New Forest, près de Southampton, dans le Hampshire, où il n'avait aucune raison de parler français. C'était là que ses parents s'étaient installés à partir de 1894 ; ils se fixeront ensuite à Oxford, dans une maison de trois étages au 2, Polstead Road.

Je fis remarquer :

— Mon cher Alan, j'avoue que je suis époustouflé. Vous avez une mémoire impressionnante, ou alors vous êtes littéralement possédé par Lawrence !

— Les deux, sans doute. Et peut-être le fait de l'avoir rencontré.

Je fis remarquer :

— J'ai connu aussi beaucoup de gens, sans pour autant me rappeler autant de détails aussi précis de leurs vies. Jour de naissance, lieux où ils ont vécu, prénoms, etc.

— Vous avez raison. Mais c'est probablement qu'ils n'étaient pas des gens célèbres ou mythiques et qu'au fond, vous n'étiez pas vraiment intéressé par eux. Ceci étant, j'avoue que Lawrence m'a fasciné. N'oubliez pas que je suis archéologue. Une vocation qui exige de la mémoire, surtout celle des noms et des dates.

Il marqua une pause et, une fois de plus, arbora cet air mystérieux pour ajouter :

— Quand vous avez eu l'occasion d'être confronté à la vraie vie d'un personnage aussi renommé, vous ne pouvez qu'éprouver de la fascination.

— Quelle vraie vie ? De quoi parlez-vous ?

En guise de réponse, il regarnit nos verres et changea de sujet. Il avait insisté pour que l'on nous servît du beaujolais.

— Je trouve qu'en France, ce vin est le mal-aimé des élites, avait-il argué. Il s'est formé dans votre consensus national une idée selon laquelle c'est le vin des pauvres, le successeur du rouge-qui-tache, au mieux du vin de messe. Les gens de goût se gardent donc d'en boire, de peur de déchoir. Et les œnologues n'en parlent que d'un ton dédaigneux. Moi, j'estime que c'est un vin qui a sa personnalité.

— Encore un mythe ! s'esclaffa Annie Carswell.

J'insistais.

— Vous ne m'avez pas répondu, Alan. De quelle vraie vie de Lawrence parlez-vous ?

Il haussa les épaules.

— Un jour, peut-être…

Françoise, décidément tout aussi accrochée que moi au sujet de Lawrence, revint à la charge :

— Nous avions, l'autre soir, laissé notre héros à Oxford.

— Oui. Il semble qu'il témoignait d'une curiosité intellectuelle hors du commun, même si certains biographes l'exagèrent jusqu'au délire ; ainsi, Graves raconte que le jeune homme aurait lu les 50 000 volumes de la bibliothèque de l'université d'Oxford, assertion qui ne mérite qu'un haussement d'épaules. Sans doute Graves était-il déjà porté aux exagérations : n'avait-il pas écrit un livre sur les mythes grecs ? Mais, tel qu'il raconte celui du jeune Lawrence, on peine à discerner chez le jeune homme un centre d'intérêt déterminé. Aux armures et aux sculptures médiévales, il faut ajouter, selon les témoignages, la poésie provençale, les chansons de geste, les croisades, les fortifications militaires du Moyen Âge, l'histoire militaire, le *Risorgimento*, les guerres des *condottieri*. En vérité, c'était un garçon atypique, rebelle à l'autorité et aux conventions sociales. Il avait un parti pris contre toute tentative de domination des faibles par les forts. Une anecdote de jeunesse le prouve : en septembre 1904 – il avait alors seize ans –, il est intervenu dans une bagarre, dans la cour de récréation, pour protéger un petit nouveau contre un lascar agressif. Ça lui a valu une fracture de la jambe et une longue immobilisation à la maison. Elle a dû lui être particulièrement pénible, puisqu'elle le soumettait au joug continu de sa mère. Son cher biographe, Liddell Hart, a prétendu que cet accident « arrêta prématurément la croissance physique de Lawrence en accélérant son développement intellectuel ». Or, une fracture de la jambe ne peut, à seize ans, arrêter la croissance physique et encore moins accélérer le développement intellectuel, sinon nos rugbymen et nos footballeurs seraient tous des nains et des génies. Notre hagiographe prend prétexte de cet incident pour « expliquer » le fait que son héros était de petite taille.

Je me dis que notre nouvel ami avait décidément une dent contre les biographes de Lawrence.

— Beaucoup de jeunes gens sont rebelles à l'autorité, poursuivit Carswell, mais Thomas Edward présentait dans son adolescence deux traits particuliers. L'un était une soif inassouvie de connaissance, très brouillonne sans doute, mais réelle. L'autre, une passion naissante pour… l'archéologie. Eh oui ! D'où peut-être mon intérêt pour le personnage. Il absorbait des ouvrages érudits avec une soif inextinguible : il empruntait souvent six livres à la fois à la bibliothèque d'Oxford, se servant de son père comme d'un prête-nom. Cependant, personnellement, je doute qu'il les lisait vraiment, au sens convenu du mot « lire ». On ne peut pas lire trois livres par jour ! Il les parcourait sans doute en diagonale, picorant çà et là ce qui retenait son attention. Selon John Baker, un géographe qui enseignait au Jesus College, « on le trouvait dans sa chambre, assis sur le plancher, à lire en même temps trois ou quatre ouvrages ».

— Voilà qui pourrait expliquer le rythme de ses lectures, observai-je.

— Cela dépend de l'usage que l'on fait de ses connaissances. Hitler aussi prétendait lire beaucoup ! Il trimballait *La Volonté de puissance* de Nietzsche dans son sac à dos, sans doute dupé par le titre, mais il a fini par avouer un jour à la metteuse en scène Leni Riefenstahl qu'il n'y avait pas compris grand-chose. Je crois, pour ma part, que Lawrence lisait pour faire ensuite étalage de ses connaissances. Il voulait s'affirmer comme un sujet exceptionnel et surtout comme un archéologue, parce qu'il a commencé, assez tôt, à s'intéresser aux vestiges du passé. Mais, là aussi, on l'a beaucoup mythifié. Vyvyan Richards, son plus cher camarade, se rappelle que T. E. avait un jour heurté un fragment de faïence alors que tous deux se promenaient sur une éminence proche du New College d'Oxford, que l'on disait édifiée pendant les guerres civiles. Lawrence aurait examiné le débris et déclaré, d'un ton docte : « Ce fragment prouve que cette éminence est bien antérieure à l'époque de Cromwell. » Or, croyez-moi, il faut plusieurs années de pratique du métier sur le terrain pour proférer des jugements si précis et rapides. D'ailleurs, son affirmation n'a jamais été vérifiée.

Nous attaquâmes nos plats. Carswell avait la fourchette aussi active que lors du dîner précédent. Son filet de bar et les pommes persillées qui l'accompagnaient n'allaient pas résister longtemps à son appétit. S'il parlait d'abondance, il mastiquait avec ardeur.

— Mais il est probable, enchaîna-t-il, que le jeune homme fût réellement passionné d'archéologie. À treize ans, il aurait entrepris seul un périple à bicyclette à travers l'Angleterre, dans le but de poursuivre ses études sur les armures médiévales. Il se serait ainsi constitué une collection importante de moulages, pris sur les vieux tombeaux des églises de village. Je veux bien le croire.

J'étais, je l'avoue, assez étonné par la hargne de Carswell à l'encontre de la légende « Lawrence ». Il y avait là quelque chose d'irrationnel. Je me disais qu'en tant que contemporain du personnage, il avait dû être excédé par l'adulation publique qui comblait le héros. Ceux qui ont eu la chance d'approcher certains personnages fameux n'en sont pas tous enthousiastes. L'Histoire abonde en contre-mémoires, et l'un des exemples qui m'étaient restés dans l'esprit était celui du général américain MacArthur, héros de la guerre du Pacifique qui tapait, paraît-il, sur les nerfs du président Truman.

Il secoua la tête, soudain pensif.

— Il faudrait aussi scruter les récits de guerre que Lawrence rapporte dans Les Sept Piliers. Ils sont souvent chargés d'ambiguïtés. Il raconte, on ne sait pourquoi, sa rencontre avec deux charmants garçons, Daoud et Farraj, qui s'offrirent à son service. Ils représentaient, nous dit-il, un exemple de l'affection orientale qui unit deux garçons et que la ségrégation des femmes rendait inévitable. De telles amitiés menaient souvent à des amours viriles d'une profondeur et d'une force inconnues de notre mépris pour la chair. Si la sexualité entrait en jeu, ils passaient à une relation d'échange sans spiritualité, comme un mariage. On apprend plus loin que Farraj était un ravissant garçon à la silhouette douce et féminine, au visage lisse et aux yeux chavirés. Lawrence leur répondit d'abord qu'il n'avait pas besoin de domestiques, mais il finit quand même par les engager parce que, je le cite : « Ils paraissaient si jeunes et si propres. » Bizarre, non ? On est aussi quelque peu surpris de constater que le récit des attaques contre les Turcs, décrites par Liddell Hart, est sensiblement différent de celui de Lawrence. Mais, comme c'est un militaire et qu'il dispose de ses propres sources d'information, force est de lui accorder crédit. Selon sa version, le premier coup sérieux fut porté par un spécialiste anglais en explosifs, le capitaine Garland.

« Parvenu après huit jours de chameau à la station de Toweira, un patelin entre Damas et Médine, avec une cinquantaine de Bédouins, Garland fut d'abord victime des informations erronées qu'on lui avait fournies, selon lesquelles les trains ne circulaient que de jour ; il crut qu'il aurait, de nuit, le temps de disposer assez d'explosifs pour détruire une grande section de la voie ferrée. Il envoya donc des hommes fixer des charges sous un pont au sud de la station, pendant que lui-même en disposait d'autres plus haut. Mais, surprise, un train arriva du nord, s'arrêta un moment à la station et redémarra. Garland eut à peine le temps de préparer quelques charges et de s'écarter en courant. Il était à une cinquantaine de mètres quand l'explosion fit dérailler la locomotive, qui dévala le remblai. Le vacarme alerta la garnison turque qui se précipita hors de sa casemate. Entretemps, l'Arabe chargé de miner le viaduc avait installé les charges ; il alluma le cordeau de fulmicoton qui les fit exploser à leur tour, détruisant le viaduc. C'était un bel exploit. D'autres suivirent. Cependant, à aucun moment Liddell Hart ne cite le nom de Lawrence. Lui qui se présentait comme le meilleur élève de Garland n'a donc participé personnellement à aucune des opérations de sabotage de cette voie ferrée, artère vitale des opérations turques dans la péninsule Arabique. Encore une bizarrerie.

Carswell acheva de boire son vin et reprit :

— Lawrence semble déléguer à ses hommes le minage de la voie ferrée. Il évoque, çà et là, des crises de dysenterie qui le laissaient sans force pendant plusieurs jours, et même une furonculose, conséquences du manque d'hygiène qui prévalut pendant toute l'aventure arabe ; en effet, la précieuse eau qui permettait de survivre était le plus souvent d'origine douteuse, recueillie par exemple dans des poches d'eau de pluie et, de plus, convoyée dans des outres non désinfectées. Même les chameaux étaient atteints de gale. Et les essaims de mouches ne contribuaient pas à purifier l'atmosphère !

Je jetai un coup d'œil au cadran de ma montre. Une heure. À l'instar des Carswell, le couche-tôt que j'étais commençait à vaciller.

— Pardonnez-moi, mais j'ai pour habitude de me réveiller aux aurores pour écrire. Vous ne nous en voudriez pas si nous rentrions ?

Le couple se leva d'un seul coup.

— Pas du tout ! se récria Alan. J'allais vous le proposer. Et je ne vous cacherai pas que j'ai failli annuler notre dîner. Une fatigue aussi extrême que soudaine. Les effets de l'âge, sans doute. *Let's go !*

Sans nous attendre, Carswell prit la direction de la sortie, et c'est à ce moment seulement que je me rendis compte qu'il n'exagérait pas. Il avançait voûté, lentement, comme s'il était à deux doigts de s'écrouler.

Avant de franchir la porte du restaurant, il se retourna et me fit un petit signe.

— La prochaine fois, vous viendrez dîner chez nous.

J'ignorais alors qu'il n'y aurait pas de « prochaine fois ».

3

— Que dites-vous ? Alan est mort ?

Le téléphone collé à l'oreille, j'avais du mal à assimiler la nouvelle.

J'ai bêtement répété :

— Mort ?

La voix d'Annie Carswell confirma.

— Cela s'est passé hier soir. Une heure après notre dîner. Il s'est plaint d'une douleur au thorax. Nous avons cru à une indigestion. Quelques minutes plus tard, il nous quittait.

Je ne connaissais pas Alan Carswell depuis longtemps, mais apprendre le décès de quelqu'un que l'on vient tout juste de quitter ne laisse pas impassible. Sans compter que ce genre de tragédie nous ramène, nécessairement, à notre propre vulnérabilité.

— On pense qu'il s'est agi d'une crise cardiaque massive. Il faut dire que, depuis quelque temps, je le trouvais très fatigué.

J'ai aussitôt revu la silhouette voûtée de Carswell qui clopinait vers la porte du restaurant.

— Il n'y aura pas de funérailles à Paris, reprit Annie. Alan sera enterré en Angleterre.

Que dire dans ce genre de circonstances ? Sinon de ces banalités que l'on ânonne machinalement, sans réelle conviction.

Elle promit de nous recontacter « dès que cela irait mieux ». Je balbutiai quelque chose.

Elle raccrocha.

Pendant la semaine qui suivit, je restai planté devant mon clavier, incapable d'écrire la moindre phrase intelligible. J'avais un goût amer dans la bouche. J'éprouvais une sensation étrange d'inachevé. Étaient-ce les propos de Carswell qui en étaient la cause ? Probablement.

Ma femme commençait à me trouver ridicule et, le dixième jour, elle me le fit savoir.

— Tu sais comment on appelle ce que tu vis ? Un trouble psychotique.

Elle savait de quoi elle parlait. Elle était psychiatre.

— Peut-être.

Au cours de ces journées, une réflexion m'était revenue plusieurs fois à l'esprit : la rencontre avec Carswell nous avait jetés, Françoise et moi, dans l'intimité d'un héros qui ne nous avait pas particulièrement intéressés jusqu'alors. Au début, ma curiosité n'avait été qu'anecdotique, entretenue par l'absurdité rocambolesque de ma rencontre avec ce gentleman. Maintenant, je brûlais d'une seule envie : vérifier les dires de l'Anglais et en savoir plus sur la vie de ce marmot illégitime, fouetté par une mère folle de religion et, pour user d'un mot devenu courant, sadomasochiste, qui était devenu un héros mythique.

Ma réflexion se doubla aussitôt d'une question : que savons-nous des personnages historiques ? Ce qu'en ont rapporté quelques témoins plus ou moins fiables, des propos difficilement vérifiables. Peut-être des témoignages partiaux, voire mensongers ?

Autre extension de mes interrogations : si je devenais jamais célèbre, quelle image fabriquerait-on de moi ? Et là, je me mis à rire.

Quinze jours plus tard, Annie Carswell se manifesta. Elle nous invitait à prendre le thé. Une occasion de lui présenter nos condoléances.

À notre grande surprise, l'appartement de la rue Lecourbe n'était qu'un entrepôt de cartons. Plus de rideaux aux fenêtres, plus un tableau aux murs.

Une plaisante jeune femme, dans la quarantaine, se tenait aux côtés d'Annie Carswell.

— Je vous présente ma fille, Dorothy. Elle est venue d'Angleterre pour m'aider à déménager. Prenez place, je vous prie.

Elle indiqua un canapé, deux sièges devant une fenêtre et poursuivit :

— Nous avons une petite maison près de Manchester. Nous vivions à Paris depuis onze ans, dans une sorte d'exil. Ainsi en avait décidé Alan. Il faisait un rejet de notre pays, déclarant qu'il avait causé plus de désastres que de bonheur. Je vous fais grâce du reste. Mais j'aurai, comme ça, appris le français !

J'accueillis la confidence par le silence.

— Je dois vous dire ceci : Alan – comme mû par un pressentiment – m'a confié, après notre dernier dîner, que vous aviez l'air intéressé par le sujet de Lawrence. Il m'a dit : « S'il devait m'arriver quelque chose, donne-lui le dossier intitulé "Désert". » Et il a ajouté : « Je pense que cela l'amusera. »

Elle fit signe à sa fille, qui s'éclipsa avant de revenir en tenant le dossier en question.

— Il est à vous, monsieur.

Refuser eût été discourtois. D'ailleurs, je n'y songeais pas vraiment. Et je me demande pourquoi j'ai cherché du regard l'assentiment de ma femme. Je savais d'avance sa réponse. Elle allait dire oui.

Annie Carswell hocha la tête avec satisfaction et remplit nos tasses, puis nous tendit quelques scones[1]. C'étaient, à l'évidence, les derniers qu'elle servirait dans cet appartement.

— Les déménageurs viennent tout emporter demain matin, dit-elle d'une voix calme, presque solennelle. Dorothy et moi prenons l'avion pour Londres en début d'après-midi, et nous emportons la dépouille de ce pauvre Alan. Il n'aimait pas l'Angleterre mais tenait quand même à y être enterré.

— J'aimerais vous demander une faveur, monsieur...

Dorothy, qui jusque-là n'avait pas dit grand-chose, venait de prendre la parole.

— Bien sûr.

— Je n'ai aucune idée de ce que vous trouverez dans ce dossier. Mais si vous décidiez de publier quoi que ce soit sur Lawrence, ne mentionnez pas mon père. Il ne l'aurait pas voulu. Non parce que cela l'aurait gêné, mais parce qu'en le citant vous réduiriez vos chances d'être pris au sérieux. Voyez-vous, Papa s'est fait de nombreux ennemis en s'attaquant à certains aspects de la vie du personnage. À l'instar de Richard Aldington, il a été beaucoup dénigré.

J'acquiesçai machinalement. De toute façon, je n'avais nullement l'intention de me lancer dans une biographie de Thomas Chapman, dit Ned, dit Ross, dit Shaw, dit Lawrence d'Arabie. Ces derniers jours, j'avais pris le temps de me rendre à la BN, rue de Richelieu, pour effectuer quelques recherches. Le nombre d'ouvrages consacré à la *prima donna* de la guérilla arabe était

1. Petits gâteaux légèrement sucrés ou salés, servis avec de la confiture ou couverts d'une crème épaisse (*clotted cream*), indissociables du thé.

impressionnant. De Benoist-Méchin à Liddell Hart en passant par des essais psychanalytiques, la masse d'écrits ne pouvait que décourager n'importe quel historien, fût-il le plus chevronné.

Après la dernière gorgée de thé, nous nous sommes dit adieu. Sur des étreintes affectueuses à la porte et la promesse que la veuve nous enverrait son adresse, nous nous sommes éclipsés.

*

Ce fut donc par acquit de conscience, plus que par ambition historique, que j'entrepris l'inventaire du dossier de Carswell. J'y trouvai trois types de documents : des éditions anciennes de biographies de Lawrence, des coupures de presse et des notes manuscrites, parfois sur papier à en-tête. Les premières étaient en piteux état, avec d'innombrables pages détachées, sabrées de commentaires rageurs dans les marges et quelquefois agrémentées de positifs ; il y avait un exemplaire original de la biographie de Richard Aldington, *Lawrence of Arabia: A Biographical Enquiry*. Et, enfin, une carte sur laquelle étaient écrits deux noms : Nancy Cunard et Brigit Patmore.

J'étais – et c'est peu dire – pour le moins perplexe.

J'ai appelé Françoise.

— Nancy Cunard et Brigit Patmore. Ces noms te disent quelque chose ?

— Pas du tout. De qui s'agit-il ?

— Je crois que Carswell m'a pris pour un imbécile ! Tous pareils, ces *roastbeefs*. L'autre Lawrence, Durrell, avait bien raison de qualifier l'Angleterre de « petite île atroce et mesquine ».

— Qu'est-ce que tu racontes ?

Je lui ai tendu la note.

— Tu n'as qu'à regarder.

Elle l'examina à son tour et, sur son visage, s'afficha la même perplexité.

— Je vais me servir un verre, dit-elle.

— Sers-m'en un aussi, je te prie. J'en ai besoin.

Elle revint avec deux scotchs, sans glaçons. Mon épouse fait partie de ces rares femmes qui préfèrent le whisky au champagne. Et, de surcroît, elle est fine connaisseuse.

Après quelques instants de réflexion, elle laissa tomber :

— C'est simple. Il suffirait de savoir qui sont Nancy Cunard et Brigit Patmore.

J'allumai une cigarette, moi qui tentais d'arrêter.

Elle examina de nouveau le dossier, feuilleta machinalement la biographie d'Aldington et poussa un petit cri :

— Il t'est dédicacé par l'auteur !

— Impossible !

Je restai bouche bée.

À Paul Savarus,
de fil en aiguille, au fil de l'heure...
Filles et fils de l'heure, écoutez :
« Il y eut une fois... » Ay, that's my enemy,
"Once a time, ago,
And as Aragon as it
Aima, ai-ma" –
You need no other histories.

Signé :
Richard Aldington.

— C'est du délire !

— Pas tant que ça. Il est indiqué « Sury-en-Vaux, 9 juillet 1962 ». Or, souviens-toi, Aldington est mort dix-huit jours plus tard, le 27 juillet. Ce qui voudrait dire que Carswell a très bien pu demander à Aldington de te dédicacer son livre.

J'étais de plus en plus déconcerté. Ces vers sans queue ni tête, que pouvaient-ils signifier ? Était-ce un poème d'Aldington ? Aldington écrivait-il des poèmes ? Et surtout, quel était le lien avec Lawrence ?

— Laissons tomber. Trop compliqué !

— Si tu veux, mais c'est dommage. Mon instinct féminin me souffle que Carswell nous met sur une piste et que cette piste mène à la *prima donna* d'Aldington.

— Explique.

— Trouvons qui sont Nancy Cunard et Brigit Patmore. Ensuite, nous aviserons.

J'ai éteint ma cigarette.

Après tout, pourquoi pas. Voilà des mois que j'étais en mal d'inspiration, encore que je n'eusse jamais apprécié ce mot. Comme disait Jean Anouilh, « l'inspiration est une farce que les poètes ont inventée pour se donner de l'importance ».

— Très bien. Puisqu'il faut jouer, jouons.

*

S'il existe un lieu au monde où je recouvre mes esprits et une certaine sérénité, c'est bien la BN de la rue de Richelieu. Le seul ennui, c'est l'attente et le manque de places. Heureusement, au fil des ans, j'ai acquis mes passe-droits. Il devait être aux alentours de 9 heures lorsque j'entrai sous la verrière de la salle ovale.

J'ai dressé la liste des documents que je souhaitais consulter, puis j'ai patienté.

Écrire une biographie de Lawrence d'Arabie ? Quel intérêt ? Un principe, qui semble universel et intemporel, veut que tout auteur s'attachant à reconstituer la biographie d'un homme ou d'une femme doive en louer les vertus qui motivent sa célébrité. À quoi servirait une biographie si elle n'exalte pas son personnage ?

Cela fait que presque tous les biographes de toutes époques se sont mués en hagiographes. Ils développent à l'envi les mérites du héros et, pour sacrifier un peu à la curiosité indiscrète des lecteurs, ne glissent que çà et là des aspects moins flatteurs de leur caractère et de leurs actions.

Or, cette méthode m'a toujours paru néfaste : elle est d'abord infidèle à l'histoire et ne fait que renforcer la tendance collective à créer des mythes, c'est-à-dire, en fin de compte, des fictions voire des mensonges. Ensuite, en induisant le lecteur en erreur, elle le conduit à considérer comme modèles des personnes qui ne le furent pas et qui, quelquefois, furent au contraire condamnables. Il me semble que doit toujours primer la vérité.

D'où l'émoi qui se répandit dans les cercles humanistes des États-Unis quand l'écrivain Elizabeth Kolbert publia un article dans le *New Yorker*, intitulé *Such a Stoic* (« Quel stoïque ! »), démontrant, quelque deux mille ans plus tard, que la vie de ce modèle révéré du courage moral qu'était Sénèque avait été bien loin d'être exemplaire ; à la limite, ç'avait été un vendu.

Ainsi, lorsque Néron tenta de se défaire de sa mère Agrippine en la faisant embarquer sur un bateau à la cale démembrée et qu'elle échappa néanmoins à la noyade, puis quand, en dernier recours, il la fit poignarder par ses sicaires, l'opinion publique romaine s'en émut. Néron se trouva alors exposé à l'opprobre public. Ne sachant que faire, il en appela à Sénèque, rhéteur de renom et philosophe respecté à Rome, mais surtout son conseiller. Que fit Sénèque ? Il rédigea une lettre au Sénat, alléguant qu'Agrippine avait voulu s'emparer du pouvoir et que le naufrage était un signe de la volonté des dieux d'éviter le pire à Néron.

Sénèque a donc sauvé Néron par des mensonges. Cependant, les premiers chrétiens l'ont tellement vénéré qu'ils ont simulé un échange de lettres édifiantes entre lui et saint Paul. Puis Montaigne a écrit une « défense » de Sénèque, et Diderot un essai sur sa vie.

Dans ses nombreux ouvrages de philosophie morale, Sénèque met l'accent sur l'austérité, la maîtrise de soi, et loue la pauvreté. Or, à la fin de la décennie, le philosophe possédait des propriétés non seulement à Rome mais aussi en Égypte, en Espagne et dans le Sud de l'Italie. Il avait tellement d'argent qu'il prêta quarante millions de sesterces aux nouveaux sujets de Rome, les Britto-Romains[1]. (Le salaire annuel d'un soldat romain, à cette époque, était d'environ neuf cents sesterces.)

Selon Dion Cassius, auteur d'une *Histoire romaine*, le stoïcien aurait commandé pour ses banquets « cinq cents tables en bois de citronnier, avec des pieds d'ivoire ». En conclusion, l'apôtre de l'ascétisme était un fieffé menteur qui mystifia des générations de lecteurs crédules.

Ce n'est là qu'un exemple. Je n'étais pas pressé de le suivre, mais plutôt d'en tirer la leçon.

Lorsque je suis ressorti de la BN, il était 17 heures. J'avais l'esprit en ébullition.

---

1. Les Bretons insulaires romanisés à la suite de la conquête de la Grande-Bretagne par les Romains, au cours du Ier siècle.

À peine de retour à l'appartement, Françoise m'apostropha :

— Alors ? Tu as trouvé quelque chose ?

— Je crois.

Je lui proposai de s'asseoir et je sortis mes notes.

— Écoute bien. Je risque d'être long. Commençons par Nancy. Je peux déjà te dire que nous sommes devant un vrai personnage de roman. Elle est née en 1896 en Angleterre, dans le Leicestershire, fille unique de sir Bache Cunard, héritier de la célèbre compagnie maritime Cunard Line. Sa mère, Maud, était d'origine américaine. Nancy a grandi dans une maison remplie d'écrivains, d'artistes, de musiciens et de politiciens parmi les plus en vue de l'époque. Elle était presque anormalement mince mais suscitait une grande attirance physique, enveloppant généralement ses longs bras de lourds bracelets d'ivoire.

« Même à ses débuts, Nancy était devenue une sorte de légende. Poétesse douée, farouchement intelligente, elle avait déjà choqué des amis de sa mère parmi les plus respectables en prenant fait et cause pour les gens de couleur. Vers 1910, le couple Cunard a décidé de se séparer. Maud et sa fille – alors âgée de quatorze ans – sont allées s'établir à Londres. À dix-huit ans, et bien que très attirée par les femmes, Nancy se marie avec un certain Sydney Fairbairn, officier dans l'armée britannique. Un personnage on ne peut plus conventionnel. Comme il fallait s'y attendre, le mariage ne dura que deux ou trois ans. Le couple divorça. En 1920, la demoiselle s'installe à Paris où elle s'associe aux mouvements Dada et aux surréalistes, collectionne les conquêtes aussi bien féminines que masculines et commence à développer une forte dépendance à l'alcool. Parce qu'elle prône une liberté sexuelle totale, elle subit volontairement une hystérectomie. Bien qu'elle fût une poétesse non dénuée de talent, sa réputation reposait davantage sur le soutien qu'elle apportait aux écrivains d'avant-garde. Quant à son physique, je cite: "Grande, mince, blonde, dotée d'une apparence flamboyante et dramatique." Vers...

Françoise m'interrompit:

— Tu as bien dit «poétesse»?

— Parfaitement. Elle a même publié plusieurs ouvrages.

— J'imagine que c'est elle, l'auteur du poème sur la page de dédicace?

— Exact. J'ai vérifié. *Love's Alba Against Time, Time's Against Love.*

— Et Aldington et Lawrence, dans tout ça?

— Patience! Vers 1927, Nancy Cunard emménage dans une ancienne ferme à La Chapelle-Réanville, en Normandie. Elle y installe une presse et imprime des œuvres d'auteurs qu'elle apprécie, confirmés ou débutants. Dans le même temps, elle est la muse de nombreux écrivains, et pas des moindres, notamment Man Ray, Aldous Huxley, Tristan Tzara et Ezra Pound.

— Pas mal...

J'ai repris mon souffle avant de poursuivre:

— Ezra Pound. C'est en 1928 qu'elle lui rend visite à Rome, où il passe l'été. Ont-ils été amants? Mystère. Certains l'affirment; d'autres pas. Et, comme la vie n'est faite que de coïncidences, lorsqu'elle débarque chez lui, elle y trouve... Richard Aldington.

— Nous y voilà...

— Elle a trente-deux ans, il en a trente-six. Aldington est tout de suite attiré par la vitalité, l'intelligence et le mépris de Cunard pour les conventions. Il la voit aussi comme un moyen de s'introduire dans le monde de la bohème parisienne et, peut-être, comme une amante potentielle. Mais, sur ce point, il va déchanter. À cette époque, Cunard, bien qu'infidèle, entretient une liaison avec un certain… Louis Aragon.

Françoise fit de grands yeux.

— Louis Aragon ?

J'ai confirmé.

— Peu importe ! Nancy et Richard se donnent rendez-vous à Paris. Dès le premier soir, elle l'emmène au café de Flore où, après une longue discussion, ils décident d'un commun accord de n'entretenir aucune ambiguïté et de rester amis. Quelques jours plus tard, elle l'emmène dans sa ferme de La Chapelle-Réanville où elle lui montre son imprimerie. Par la suite, ils se voient très régulièrement, surtout après que Nancy a rompu avec Aragon. Une rupture dont elle s'est remise d'ailleurs assez rapidement en prenant un autre amant : Henry Crowder, un musicien de jazz noir américain. C'est grâce à lui qu'elle a pris conscience du mouvement américain pour les droits civiques et rédigé un ouvrage consacré à l'histoire des Noirs aux États-Unis.

— Quelle vie ! commenta Françoise. Tout à coup, comme la mienne me semble terne !

— Il n'existe pas de vie terne, ma chérie, seulement des êtres sans relief, et tu n'en fais pas partie.

J'ai repris :

— En 1936, voilà Nancy correspondante indépendante pendant la guerre civile espagnole. Elle voyage beaucoup. En Amérique du Sud, dans les Caraïbes, en Tunisie. Après la Seconde Guerre mondiale, elle apprend que sa ferme a été pillée et vandalisée pendant l'Occupation et décide de ne plus revenir en France. Elle se remet à voyager ici et là. Puis finalement, en 1950, elle change d'avis et s'installe à Lamothe-Fénelon, dans le Lot.

J'ai posé mes feuillets sur la table basse.

— Et l'autre femme ? a demandé Françoise. Brigit Patmore. Elle est bien citée dans la dédicace de Richard, non ?

— Tu vas être déçue. Je n'ai pas trouvé grand-chose, sinon qu'elle est née vers 1888 en Angleterre, mariée à un riche courtier en assurance et mère de deux enfants. Apparemment, tout comme Nancy, elle était férue de littérature et mécène à ses heures.

J'ai allumé une cigarette, aspiré une bouffée avant de résumer :

— Aldington, Brigit Patmore, Nancy Cunard, Ezra Pound. Quel rapport avec T. E. Lawrence et Les Sept Piliers ?

Nous avons laissé le silence s'installer. C'était encore ce qu'il y avait de mieux à faire.

Finalement, Françoise questionna :

— C'est loin, Lamothe-Fénelon ?

— Cinq cents kilomètres, peut-être moins. Ne me dis pas que tu…

— Bien sûr. Rendre visite à Mrs Cunard ne serait pas inintéressant.

— Mais encore faudrait-il savoir si elle est toujours de ce monde, et si elle habite toujours là-bas.

Françoise se leva, récupéra un annuaire et, au bout de quelques minutes, annonça :

— J'ai son téléphone. On l'appelle ?

4

Nancy Cunard portait une robe à carreaux bleus et blancs. Elle avait les cheveux blonds coupés court, des yeux bleus, et d'énormes bracelets entouraient ses poignets. Une apparence que l'on aurait pu qualifier de « normale ». Ce n'était qu'une apparence. Pour le reste, elle était d'une maigreur effrayante et ne devait pas peser plus de quarante kilos, à quoi il fallait ajouter un regard vide, éteint. Lorsqu'elle saisit son verre de Johnny Walker, elle manqua de le renverser tant ses mains tremblaient. Pour finir, elle avait un mal fou à articuler.

— Oui… oui… Richard. Richard Aldington. C'était il y a si longtemps. Il va bien ?

— Hélas, il nous a quittés il y a quelques semaines.

Elle répéta :

— Il va bien ?

Nous n'avons pas jugé utile de répondre.

— Vous l'avez bien connu, je crois ?

— Il y a longtemps… oui. Charmant, un grand poète. Il était beau. Mais ce n'était pas mon genre. Je l'appréciais beaucoup.

— Vous a-t-il jamais parlé de T. E. Lawrence ?

Elle plissa le front.

— Qui ?

J'ai répété :

— Thomas Edward Lawrence, l'auteur des Sept Piliers de la sagesse.

Elle se resservit un verre.
— Aucune idée…
Et elle changea de sujet.
— Avez-vous lu mes poèmes ?
Françoise mentit :
— Bien sûr. Magnifiques.
Nancy murmura :
— *Living in the past and the future I see barrages and heart-breakings / Sameness running by sameness, defied by difference / Difference overcome*, etc. Je ne me souviens plus de la suite. Et je n'ai plus un seul exemplaire…
Maîtrisant mon impatience, je repris l'interrogatoire :
— Brigit Patmore, ce nom vous dit-il quelque chose ?
Comme par magie, l'expression de Nancy s'anima.
— Oui, évidemment ! C'était le grand amour de Richard. Voilà des siècles que je l'ai perdue de vue. Où est-elle ? Toujours mariée ?
— Je vous avoue que nous l'ignorons. Ainsi, elle et Richard…
— Je n'ai jamais compris pourquoi elle l'a cédé à cette femme…
Elle chercha le nom :
— Emmy ? Elizabeth ?
— Madame Cunard, que voulez-vous dire par « céder » ?
— C'est clair, non ? Brigit était follement éprise de Richard et pourtant elle lui a présenté une femme, elle l'a poussé dans son lit et il a fini par l'épouser. Absurde, non ? Une femme qui, de surcroît, a très vite trompé Richard avec une autre femme. Elle était bisexuelle, avec une nette préférence pour le sexe féminin. Remarquez, je n'ai rien contre ça. Je suis pareille…
Elle répéta :
— Absurde !

Et bascula la tête en arrière, en grimaçant de douleur.

— Si vous saviez comme j'ai mal !

Françoise s'inquiéta :

— Où avez-vous mal, madame Cunard ?

— Oh, partout ! Mes articulations… partout. Ça me prend la nuit, le jour.

Brusquement, pendant quelques secondes tout son corps fut pris de spasmes. Elle se pencha en avant. Ses mains se crispèrent sur ses cuisses.

— Il faudrait peut-être appeler un médecin ?

— Non ! Pas de médecin ! Je hais les médecins. Tout va bien.

Elle prit une profonde inspiration, se figea puis parut se détendre.

— Vous disiez ?

— Vous êtes sûre que …

— Hilda ! Hilda Doolittle !

Moyennement rassurée, Françoise s'enquit :

— Qui ?

— C'est le nom de cette Américaine que Brigit a présentée à Richard. Hilda Doolittle ! Savez-vous s'ils sont toujours mariés ?

J'ai osé répéter :

— Malheureusement, Richard est décédé.

En guise de réaction, elle se leva brusquement, vacilla, se redressa.

— Permettez-moi de me retirer. Je suis fatiguée…

— Bien sûr.

Frustrés, nous nous sommes dirigés vers la porte. C'est à ce moment qu'elle a articulé d'une voix morne :

— Thomas Edward. Les Sept Piliers… Richard ne lâchait pas ce livre. C'était énervant. Il a laissé quelques notes, je ne sais pas quoi en faire. Attendez-moi, je reviens.

Elle s'éclipsa d'un pas incertain, et réapparut en tenant une enveloppe qu'elle remit à Françoise.

— Vous les donnerez à Richard.

Et elle se retira.

À peine à l'extérieur, le premier commentaire de Françoise fut :

— Névrose hystérique…

— Que dis-tu ?

— Crises de spasmophilie, troubles fonctionnels psychosomatiques. États de dépendance physique. Je la plains. J'espère qu'elle est suivie[1].

Françoise avait sans doute raison. Après vingt ans de psychiatrie, nul doute qu'elle était capable de reconnaître ce genre de cas.

J'ai jeté un coup d'œil à ma montre. Il n'était pas loin de six heures du soir, et il n'était pas question de reprendre la route. J'ai proposé :

— En arrivant, j'ai aperçu un panneau qui mentionnait un relais-château à une vingtaine de kilomètres d'ici. Je propose que nous y passions la nuit. Pas question de me retaper cinq cents kilomètres.

Françoise avait déjà commencé à décacheter l'enveloppe.

— Non ! Patience. Nous avons toute la nuit.

Par chance, le restaurant de l'hôtel était ouvert.

---

1. Nancy Cunard est morte trois ans plus tard, le 17 mars 1965. Auparavant, elle avait été internée dans un hôpital psychiatrique. Après sa libération, sa santé a continué de décliner et on l'a retrouvée un jour, errante, dans une rue de Paris. Conduite à l'hôpital Cochin, elle est décédée 48 heures plus tard et a été incinérée au cimetière du Père-Lachaise où ses cendres reposent dans l'urne numéro 9016.

Ce fut seulement une fois à table que Françoise me lut les écrits d'Aldington. Ils étaient rédigés en anglais, une langue qu'elle et moi maîtrisons assez bien.

Paris, octobre 1929

T. E. Lawrence avait conservé de nombreuses notes entre 1914 et 1918, alors qu'il était impliqué dans la Grande Révolte arabe. En décembre 1919, il a fini d'écrire ce qui deviendrait Les Sept Piliers de la sagesse. *Titre inspiré du chapitre ix, verset i du Livre des Proverbes : « La sagesse a bâti sa maison, Elle a taillé ses sept colonnes. »*

Vers la fin de ce même mois, en partance pour Oxford, il emporta le manuscrit dans un sac qui contenait ses effets personnels. Forcé de changer de train à la gare de Reading, il s'est rendu à la buvette, a posé son sac sous la table et, au moment de repartir, a oublié de le récupérer. À peine arrivé à Oxford, il a téléphoné à Reading, mais le sac avait disparu et on affirme que nul ne l'a jamais retrouvé. Je n'en suis pas convaincu. Curieusement, T. E. remercia le ciel d'avoir perdu son manuscrit et manifesta son soulagement en déclarant à son ami, l'archéologue David Hogarth : « I've lost the damned thing – *J'ai perdu ce fichu machin.* » *Mais Hogarth, ainsi que deux autres personnes proches de Lawrence, le supplièrent de le réécrire. T. E. finit par céder à leurs prières. La nouvelle mouture fut achevée en un mois (330 000 mots) au prix d'un travail acharné, cloîtré dans la chambre que sir Herbert Baker avait mis à sa disposition au dernier étage de Barton Street, Westminster. Cette nouvelle version terminée, il la révisa entre 1921 et 1922 (un texte exécrable, disait-il), la réécrivit au propre et se rendit dans la forêt d'Epping, à environ une heure de Londres, où, à l'aide d'une lampe à pétrole et de paraffine, il brûla le premier jet.*

De crainte de perdre une seconde fois son texte, il en fit imprimer huit exemplaires à l'Oxford Times Press. Ces exemplaires, estimait-il, suffiraient à ceux qui, parmi ses amis, désiraient lire son récit. Mais, très vite, il s'avéra que ceux qui partageaient ce souhait étaient bien plus nombreux qu'il ne l'avait imaginé. Gertrude Bell, en particulier, insista pour avoir un exemplaire et l'exhorta à imprimer le livre en faisant appel à une subvention, puisque les ressources personnelles de T. E. ne lui permettaient pas de faire face à une telle dépense.

T. E. accepta, et le terme « d'amis » inclut les amis de ses amis. Un peu plus d'une centaine d'exemplaires furent ainsi fabriqués, pour un coût total d'environ treize mille livres. Pour rembourser cette dette, Lawrence s'arrangea avec Robin Buxton, l'un de ses compagnons d'armes, afin qu'une édition grand public voie le jour. Cependant, le texte d'Oxford étant bien trop long pour tenir en un seul volume. T. E. l'a réduit de 50 000 mots.

À l'époque où il mettait la dernière main à son travail, Lawrence souffrait, paraît-il, d'une grave dépression, en partie liée aux expériences qu'il avait subies durant la guerre, et qui hantaient ses nuits.

Finalement, Les Sept Piliers *(condensés) furent publiés en 1926.*

Dès sa parution, les critiques protestèrent : « C'est le texte d'Oxford que nous voulons, non l'édition par souscription qui nous est proposée[1] ! »

Je ne suis pas loin d'avoir trouvé la version originale. J'en ai la certitude.

1. Ce texte complet ne parut qu'en 1935, au lendemain de la mort de Lawrence.

J'ai répété la dernière phrase d'Aldington, incrédule :

— Comment est-ce possible ? L'original ? ou celui qui a été brûlé dans la forêt d'Epping ?

Françoise a réagi par un haussement d'épaules :

— Il n'y a qu'une seule explication. Lawrence aurait menti. Pris de remords, il a changé d'avis et n'a pas brûlé le manuscrit.

— Et qu'en aurait-il fait ?

— Peut-être l'a-t-il confié à quelqu'un de proche, en le priant de ne le publier qu'après sa mort. Ce qui, pour une raison mystérieuse, n'a pas été respecté. Il n'est pas impossible qu'après avoir réfléchi, cette personne ait estimé que certains passages risquaient de ternir la mémoire de Lawrence.

Françoise commanda un café serré.

J'en fis autant et sortis un stylo de ma poche.

Je recopiai une liste de noms :

1. *David Hogarth (mort en 1927)*
2. *Major Guy Dawnay (mort en 1952)*
3. *Commandant Richard Meinertzhagen (vivant)*
4. *Robin Vere Buxton (mort en 1953)*
5. *Gertrude Bell (morte en 1926)*
6. *Sir Herbert Baker (mort en 1946)*
7. *Brigit Patmore (vivante)*
8. *Hilda Doolittle ?*

— Comme tu peux le constater, lorsque Aldington écrit, en 1959, il n'existe plus que deux protagonistes encore de ce monde : le commandant Meinertzhagen et Brigit Patmore. Reste à savoir ce qu'ils sont devenus.

— Tu oublies Hilda Doolittle.

— C'est exact. Mais, là encore, se posent les mêmes questions que pour les autres.

Nous avons recommandé un café, alors qu'autour de nous le personnel apprêtait les tables pour le petit-déjeuner du lendemain.

— Je connais quelqu'un à Londres, dit brusquement Françoise. Un formidable documentaliste. Presque un détective. Une sorte d'Hercule Poirot ; d'ailleurs c'est comme ça que je le surnomme. Son nom est Anthony Wallace. Parfaitement bilingue. On pourrait peut-être l'embaucher pour faire des recherches.

— De quel chapeau le sors-tu ? En vingt-cinq ans de mariage, tu ne m'as jamais parlé de ce monsieur.

Elle laissa tomber, d'une voix détachée :

— Parce que ce n'était pas important. Il s'agit de l'un de mes ex. Dans une autre vie.

— Et tu as gardé le contact ?

Elle opina.

— Nous nous écrivons toutes les nouvelles lunes. Rassure-toi, il est marié et père de quatre enfants.

J'ai répliqué, d'un air pincé :

— *No comment…*

— Pas de quoi. Je lui passerai un coup de fil dès que nous serons de retour à Paris.

En quittant la table pour gagner notre chambre, la pensée m'est revenue qui avait traversé mon esprit le soir où Carswell nous avait proposé de dîner : « La stupidité et le génie se rencontrent sur un terrain qui leur est commun : l'imprévu. »

5

Manifestement, l'Hercule Poirot de Françoise était d'une grande compétence, et je fus rassuré par ses exigences financières. Un homme toujours amoureux n'aurait pas osé demander une telle somme.

Trois semaines plus tard, il nous fit parvenir son rapport. Celui-ci contenait quelques surprises. Le voici.

A. Wallace
14, Bury Place
London -WC1A 2JL

RICHARD MEINERTZHAGEN

RM (Richard Meinertzhagen) vient d'avoir 84 ans et vit toujours à Londres.

À la fois militaire, diplomate et ornithologue.

1 – <u>Le militaire et diplomate</u>

Lui et T. E. Lawrence ont travaillé ensemble entre 1917 et 1921, ou, plus précisément, ils ont travaillé de manière « contiguë » ; le bureau de RM étant la plupart du temps désert.

Voici ce que T. E. dit de lui dans Les Sept Piliers : *« Meinertzhagen ne connaissait pas les demi-mesures. Il était logique, idéaliste des plus profonds, et tellement possédé par ses convictions qu'il était prêt à atteler le Mal au chariot du Bien. Stratège, géographe, homme impérieux au rire silencieux, il prenait un plaisir aussi joyeux à tromper son ennemi (ou son ami) par une plaisanterie sans scrupule qu'à faire gicler avec son casse-tête africain, une par une, les cervelles d'une bande d'Allemands acculés. Ses instincts étaient soutenus par un corps d'une puissance énorme et un cerveau sauvage, qui choisissait la meilleure route vers son but sans être gêné par le doute ou l'habitude.* »

En 1919, les deux hommes ont participé à la Conférence de la paix de Paris, qui a finalement conduit à la création de l'État d'Israël. Ils étaient logés au 3, rue de Castiglione, à l'hôtel Continental.

Lawrence consacrait alors ses nuits à l'écriture du manuscrit qui allait devenir Les Sept Piliers de la sagesse. *Il aurait fait lire les chapitres en cours à RM. Il semble que les deux hommes entretenaient une relation « correcte et respectueuse ».*

Après la mort de Lawrence, RM a publié à son propos un certain nombre de commentaires humiliants, ce qui a conduit les admirateurs de T. E. à affirmer que jamais celui-ci n'aurait montré son livre au jugement d'un tel individu. Pourtant, c'est un fait confirmé, T. E. a bien soumis son manuscrit original (celui égaré, plus tard, dans la gare de Reading) à trois hommes : David Hogarth, Guy Dawnay et… Richard Meinertzhagen. Ce choix n'a rien d'étonnant. Ils étaient avec lui à Paris, ils furent ses collègues officiers dans le Sinaï en 1917, tous trois avaient servi au quartier général d'Allenby et connaissaient les lieux et les personnalités mentionnés dans Les Sept Piliers. *Lawrence souhaitait sans doute que ses amis lui rapportent les éventuelles inexactitudes qui se seraient glissées par inadvertance dans ses écrits. Du coup, le privilège qu'il a accordé à RM devient beaucoup moins surprenant.*

2 – <u>L'ornithologue</u>

C'est là que le personnage devient intéressant.

Il y a une vingtaine d'années, ce vénéré doyen de l'ornithologie britannique, auteur de textes définitifs sur les oiseaux de diverses régions, a offert au British Museum environ vingt mille oiseaux empaillés. Acte de générosité spectaculaire qui fut salué par toute la presse, le peuple et le gouvernement de Sa Majesté.

Or, il y a environ un an, deux articles époustouflants sont parus dans les revues spécialisées, signés d'Alan Knox, brillant naturaliste, et de la journaliste scientifique Gail Vines. Les deux spécialistes démontrent que Meinertzhagen a non seulement trafiqué les origines de certains de ses « spécimens rares », mais que les oiseaux si gracieusement offerts au British Museum avaient été volés à d'autres collectionneurs et – c'est le comble – au British Museum lui-même !

On aurait pu en rire si l'affaire s'arrêtait là. Depuis la découverte de cet acte frauduleux, les chercheurs sont obligés, au prix d'un coût financier énorme et de mois, voire d'années de travaux, de réécrire des chapitres entiers de l'histoire naturelle pour redessiner les cartes de la répartition des volatiles, afin d'annuler la désinformation de Meinertzhagen. Les dégâts causés par ce monsieur sont catastrophiques.

Quant à sa vie privée, elle est marquée par un événement très curieux.

Le 4 juin 1928, sa femme, Annie, née Jackson, elle-même experte en ornithologie, part avec leurs trois enfants pour Édimbourg afin d'embaucher une nouvelle gouvernante. Quinze jours plus tard, RM les rejoint au château de Swordale, propriété ancestrale de la famille d'Annie.

Le 6 juillet 1928, Annie est tuée d'une balle en pleine tête.

Ce jour-là, comme souvent, elle s'entraînait au tir, exercice qu'elle partageait avec RM.

Dans son journal intime, Richard affirme que lui et sa femme marchaient vers la cible pour la récupérer lorsque, soudain, il a entendu claquer un coup de feu. Il s'est retourné et a découvert le corps d'Annie allongé par terre, sans vie.

Il n'y a pas eu d'enquête. Les résultats des examens post mortem *indiquent : « Blessure mortelle à la moelle épinière et à la partie inférieure du cerveau, provoquée par une balle tirée à courte distance. » En l'absence de preuves, la mort d'Annie fut qualifiée d'« accidentelle ». En revanche, certains sont convaincus qu'il a poussé sa femme au suicide ou l'a assassinée. Ils soutiennent qu'Annie ne se serait jamais tiré une balle par accident. Elle était experte dans le maniement des armes à feu, ayant passé des années à chasser des oiseaux dans le monde entier.*

Une précision : un an avant sa mort, sans que j'aie pu en connaître la raison, Annie a modifié son testament. Dans la nouvelle version, elle ne laissait plus à son mari ses biens, mais un revenu annuel de 100 000 livres. Ce revenu cesserait de lui être versé s'il venait à se remarier.

Voilà pour Meinertzhagen.

Brigit Patmore

Un sacré personnage. Née en 1882, elle a aujourd'hui 80 ans. Son dernier domicile connu est le 27, Angel Gate, à Guildford, dans le Surrey, à une trentaine de minutes en train de Londres. À l'âge de 21 ans, elle a épousé John Deighton Patmore, riche courtier en assurances et coureur de jupons invétéré. Sur la seule photo que j'ai trouvée d'elle, elle semble très belle. Cheveux roux, yeux verts teintés de mélancolie. Dès son plus jeune âge, elle s'est découvert une passion pour la poésie et la littérature en général, et éprouvait une fascination pour les écrivains.

Vers 1911, Brigit fait la connaissance d'une célèbre romancière, Violet Hunt, l'une des clientes de son mari. Violet faisait partie d'un cercle social très fermé qui comprenait des personnalités telles qu'Oscar Wilde, Radclyffe Hall (poétesse et romancière) et Ford Madox Ford (romancier mais aussi critique littéraire), lequel était son amant. Violet, qui tenait un salon littéraire très couru, a proposé à Brigit d'en faire partie. Celle-ci se montra ravie, et les deux femmes se lièrent d'amitié. C'est au cours de l'une de ces réunions littéraires que Brigit croise un jeune homme de dix-neuf ans, assez beau, plein de charme. Il s'appelle Richard Aldington. Pendant quelque temps, pour subvenir à ses besoins, il a travaillé comme pigiste dans un journal sportif. Ayant trouvé ce travail déprimant, il a jugé qu'il pourrait se débrouiller en menant une vie spartiate, ce qui lui permettrait de consacrer plus de temps à l'écriture, sa véritable passion. Brigit, qui a dix ans de plus que lui, ne tarde pas à succomber à son charme, et c'est réciproque. De nos jours, on appellerait cela un « coup de foudre ». Ce fut le début d'une longue histoire faite de ruptures, de rebondissements et, certainement, d'amour.

Au cours de cette même année, une seconde rencontre se profile dans le salon littéraire de Violet Hunt. Un après-midi de septembre, Brigit découvre un second jeune homme. Cheveux bouclés, svelte. Il a vingt-six ans. C'est l'écrivain Ezra Pound. Il a passé la majeure partie du mois d'août en Allemagne, travaillant comme secrétaire du mari de Violet, et fait irruption sur la scène littéraire londonienne pour la deuxième fois. Brigit et lui deviennent amis, et elle s'empresse alors de lui présenter Richard Aldington. Elle est convaincue que les deux écrivains sont faits pour s'entendre. Elle les invite chez elle à prendre le thé – à se demander où était Mr Patmore. Effectivement,

Richard et Ezra s'apprécient tellement qu'ils repartent bras dessus bras dessous, comme de vieux amis.

Nous arrivons à présent au plus incroyable.

Il se fait que, trois ou quatre ans auparavant, Ezra Pound avait été fiancé à une jeune Américaine de dix-huit ans, Hilda Doolittle, fille d'un professeur d'astronomie de l'université de Pennsylvanie et déjà poétesse de talent. En 1908, Ezra est obligé de repartir en Allemagne. Quelques semaines après son départ, sa fiancée, qui a sans doute le cœur lourd, va chercher sa consolation dans les bras d'une autre jeune Américaine de passage à Londres, Frances Gregg. Et Hilda, qui jusque-là entretenait une relation plutôt intellectuelle avec Ezra, trouve chez cette femme ce qui lui manquait : une amante passionnée.

Deux ans s'écoulent. Ezra est de retour. Hilda lui présente Frances. Nous ne saurons jamais s'il s'est douté de quelque chose. Il semble qu'il ait été attiré par l'amante de sa fiancée ; on parle même de ménage à trois. En tout cas, la rupture ne tarda pas car, entretemps, Ezra s'était entichée d'une autre femme, qu'il épousera d'ailleurs en 1914. Quant à Frances, elle doit retourner avec ses parents chez elle, en Amérique. Ezra aussi doit repartir. Toutefois, peut-être pris de remords, il présente Hilda à... Brigit Patmore. Il espère ainsi que, grâce à elle, la jeune femme se sentira moins seule.

La boucle va se refermer.

Dans un élan inexpliqué, Brigit organise une rencontre entre Richard (qui est toujours son amant) et Hilda Doolittle. Elle fait mieux. Elle les pousse littéralement dans les bras l'un de l'autre. Vous avez bien lu. Car c'est bien ainsi que les choses se sont faites. A-t-elle perçu combien ces deux-là avaient en commun ? Elle agit tant et si bien qu'Aldington et Hilda s'enflamment mutuellement et finissent par se marier dans les deux ans qui suivent. Détail quelque peu surprenant : ce jour-là, seuls les parents du couple étaient présents. Pas de Brigit Patmore. D'après certaines sources, elle aurait été soudainement malade et hospitalisée. Il semble qu'il s'agissait d'un avortement.

Mais l'histoire ne s'arrête pas là.

Peu de temps après leur mariage, voilà que Hilda tombe amoureuse d'une écrivaine anglaise, Annie Ellerman, dite Bryher, de huit ans son aînée. Elles s'en vont folâtrer en Grèce, en Égypte. Ce fut peut-être la cause de son divorce avec Richard.

Pour info, Hilda est décédée il y a un an, à Zurich. Bryher était à ses côtés.

Quant à Richard, il s'est remarié en 1938 avec Netta McCullough, qui n'était autre que la belle-fille de... Brigit Patmore.

PS : *Si vous décidez de venir à Londres, faites-moi signe.*

Signé : Anthony Wallace

Nous étions presque retournés à la case départ.

Il ne nous restait plus que les dernières pièces du puzzle, l'étrange commandant Meinertzhagen et Brigit Patmore, et nous n'arrivions toujours pas à comprendre la relation entre ces imbroglios amoureux et le fameux manuscrit perdu de Lawrence, si tant est que ce manuscrit existât. Certes, Aldington avait bien précisé : « Je ne suis pas loin d'avoir trouvé la version originale. J'en ai la certitude. » Et s'il s'était trompé ?

J'ai fait part de mes doutes à Françoise.

— Au risque de t'étonner, je ne pense pas que Richard se soit fourvoyé, sinon Carswell ne nous aurait jamais embarqués dans cette histoire de fous. Souviens-toi de ce qu'il nous a dit à propos d'Aldington, le soir où nous avons fait sa connaissance : « Le malheureux vient tout juste de mourir, ici, en France, à 50 kilomètres de Paris. Je n'ai même pas pu me rendre à son enterrement. » Ce qui prouve qu'il le connaissait bien. Les deux hommes ont dû discuter. Richard a sûrement fait des confidences à Carswell.

— Dans ce cas, pourquoi diable nous soumettre à ce jeu de pistes ? Si Richard lui avait révélé où se trouvait le manuscrit, il n'avait qu'à nous le dire, tout simplement.

Françoise fut forcée de reconnaître que ma question était pertinente.

— Je n'en sais rien. Son côté espiègle, joueur ?

J'ai refusé l'hypothèse.

— Très bien, répliqua-t-elle, agacée, que proposes-tu ?

J'avais déjà mon idée.

— Que nous allions à Londres et que nous interrogions le commandant et Brigit Patmore.

— OK. Ce sera l'occasion de te présenter Anthony.

J'ai grimacé.

— Je suis comblé.

6

Londres, 5 août 1962

Alors que le taxi venait de nous déposer devant l'immeuble d'Anthony Wallace, j'ai grommelé :

— Tu sais pourquoi je n'aime pas les Anglais ?

— Tu n'aimes personne.

— Parce qu'ils font *exprès* d'être anglais. A-t-on idée de conduire à gauche, alors que la planète entière fait le contraire ?

— Faux, un tiers de la population mondiale roule à gauche. Et ce fut ainsi jusqu'à ce que notre Napoléon décide de tout chambouler !

— Napoléon ?

— Bien sûr. Pour s'affirmer, il a inversé le système qui jusque-là prévalait et fait adopter aux Français, et à tous les pays qu'il avait conquis, un réseau routier où les cavaliers se croiseraient plutôt par la droite. Sauf qu'il n'a jamais pu envahir l'Angleterre, ni ses colonies. Et voilà…

À quoi bon commenter ?

Françoise a appuyé sur l'interphone.

— *Third floor*, a répondu une voix.

Lorsque Anthony Wallace nous ouvrit la porte, j'eus devant moi un quinquagénaire, yeux très bleus, plutôt replet, front large dominé par un crâne dégarni. Je n'imaginais pas que Françoise eût pu être un jour dans ses bras. Mais il est vrai que c'était plus de trente ans auparavant. On change. Et pas toujours pour le mieux.

Il nous invita à entrer.

L'appartement, de taille moyenne, n'était pas dépourvu de charme. Mais nulle trace de femme ou d'enfants.

— Tu n'as pas tellement changé, commença-t-il en s'adressant à Françoise. Inutile de me répondre que c'est aussi mon cas. Je me défais tous les jours un peu plus. Le diabète. Et pourtant, je passe ma vie à essayer de perdre du poids. J'ai dû perdre deux tonnes en dix ans.

— Ça va, tu tiens la route, le rassura Françoise.

Il se tourna vers moi :

— Ainsi, vous êtes écrivain ? Quel métier ! Je ne vous envie pas. Ce doit être difficile de vivre de sa plume. Plus personne ne lit rien, sauf les tabloïds !

— Vous avez raison. Mais j'ai la chance d'avoir hérité quelques sous de mon père. Hélas, pas des millions, comme ce cher commandant Richard Meinertzhagen… 100 000 livres, c'est une belle rente !

— En tout cas, assez importante pour l'avoir dissuadé de se remarier.

— Quel drôle de type ! fit observer Françoise. Selon toi, meurtrier ou pas ?

— Comment savoir ? Ce qui me trouble, c'est que sa femme a estimé nécessaire de modifier son testament peu de temps avant sa mort. Pourquoi ? Et Richard en a-t-il été informé ? Dans ce cas, le meurtre par vengeance ne serait pas improbable. Mais parlez-moi plutôt de Lawrence. Vous croyez vraiment qu'il a menti et que le manuscrit original se trouve quelque part ?

— À vrai dire, nous n'en avons aucune certitude. Mais nous nous sommes pris au jeu, Françoise et moi. Et puis, si par miracle Carswell et Aldington avaient raison, nous serions devant un événement planétaire !

Anthony fit la moue.

— Encore faudrait-il que le contenu soit vraiment digne d'intérêt et apporte quelques informations majeures. Sinon…

Il quitta le canapé où il se tenait pour aller chercher un calepin et ses lunettes.

— Entretemps, j'ai découvert une autre personnalité que Lawrence a côtoyée. Il semblerait qu'elle soit toujours vivante. Il s'agit de lady Astor, née Langhorne, d'origine américaine. Surtout connue pour avoir été la première femme à siéger au Parlement britannique. Mariée à Robert Gould Shaw en 1897, elle a divorcé six ans plus tard. Le mari était alcoolique et avait des exigences sexuelles plutôt « anormales ». Le divorce a été prononcé en 1903 et elle a épousé peu de temps après Waldorf Astor, fils du millionnaire William Waldorf Astor. L'expérience de son premier mariage aurait amené Nancy (c'est son prénom) à éviter toute relation sexuelle pour le restant de sa vie. Elle a même dit un jour à ses propres enfants qu'ils avaient été « conçus sans plaisir ». C'est sans doute cette raison qui l'a poussée à entretenir des relations platoniques avec des personnalités masculines bien connues. Votre cher Lawrence faisait partie des plus notables.

— Comment se sont-ils connus ? questionna Françoise.

— Nancy a fait la connaissance de Lawrence dans les années 1920, alors qu'il servait dans la RAF. C'est à partir de cette époque qu'ils ont commencé à s'écrire, et Lawrence lui a souvent rendu visite dans sa somptueuse propriété de Cliveden (cadeau de mariage du beau-père de Nancy), où, à la grande horreur de William Waldorf, Lawrence emmenait sa lady faire des promenades à moto. Les deux personnages étaient certainement attirés l'un par l'autre car tous deux ne semblaient rechercher qu'une amitié amoureuse, voire un amour, mais sans aucun rapport charnel. C'est en tout cas ce que j'en ai déduit en parcourant les lettres de Lawrence. Elles sont toutes rédigées sur un ton que je qualifierais d'aussi chaste que flirteur. Alors que, dans ses premières lettres, Lawrence s'adresse à Nancy sous le nom de « lady Astor », cela devient plus tard plus informel et il l'appelle de manière moqueuse « Milady », « Peeress », c'est-à-dire « Noble Dame », ou « vicomtesse » et même « mi Vykowntess ».

Anthony ajusta ses lunettes pour poursuivre :

— J'ai sous les yeux le début d'une de leurs lettres, datée du 22 juillet 1929. Lawrence écrit : « Chère lady Astor, combien de fois nous écrivons-nous ! C'est une habitude émouvante. » Dans une autre lettre, il déclare : « Je ne sais ni quand ni avec qui j'ai entretenu une correspondance aussi longue et chaleureuse. Il est évident que nous sommes des âmes sœurs ! »

Et il conclut :

— Personnellement, je doute fort que cette dame ait jamais eu connaissance du fameux manuscrit.

— Tu es vraiment épatant, salua Françoise. Tu mérites bien ton surnom d'Hercule Poirot.

— Peut-être, mais à la différence du célèbre détective, je mourrai inconnu.

J'ai demandé :

— Pensez-vous que nous puissions obtenir une entrevue avec Meinertzhagen ?

Un large sourire anima les lèvres de Poirot :

— C'est fait. Je vous ai fait passer pour des journalistes français chargés de faire un reportage sur sa personne. Si je lui avais dit qu'il s'agissait de Lawrence, il m'aurait certainement raccroché au nez.

— Parfait ! Quelle heure ?

— Dans deux heures. C'est au 1, Manson Mews. Je vous accompagnerai. Je serais curieux de voir à quoi ressemble un assassin potentiel.

— Dis-moi, questionna tout à coup Françoise, tu m'as bien dit que tu étais marié ? Père de quatre enfants ?

— J'étais…

— Et ?

— Mes enfants sont assez grands pour ne pas vivre avec moi, et ma femme était trop infidèle… Changeons de sujet !

*

Richard Meinertzhagen en imposait, alors qu'il était assis dans un fauteuil roulant. Il s'exprimait avec une grosse voix, traînait sur les mots, mais le ton était sec, celui d'un homme habitué à donner des ordres. Entre deux tirades, il aspirait une bouffée de sa pipe ou la triturait entre ses doigts.

Voilà plus d'une heure qu'il monologuait, ne tarissant pas d'éloges sur sa carrière militaire et l'ornithologue de génie qu'il était. Sur ce dernier sujet, en particulier, il vouait aux gémonies les imbéciles qui l'avaient accusé de malveillance. En tout cas, pour un octogénaire, je trouvais qu'il avait conservé un esprit vif et une mémoire sans faille. Je ne sais pas comment, à un moment donné, Anthony a réussi à amener la conversation sur Lawrence.

— Je pense que Lawrence vous aurait donné raison, a-t-il lancé avec gravité.

Richard Meinertzhagen a froncé les sourcils.

— Vous voulez parler de Thomas Edward ?

Il parut réfléchir, puis :

— Je me suis toujours demandé, en vain, quelle était l'origine de la passion prêtée à Lawrence pour cette abstraction que l'on appelle « la cause arabe ». Je m'intéresse de longue date à l'histoire du Moyen-Orient, et ce que l'on appelle « le monde arabe » n'est à mes yeux qu'un monde disparate, où des intérêts antagonistes s'affrontent depuis des décennies, sinon des siècles, et continueront de s'affronter. Il n'existe pas de vraies nations arabes dans le sens où nous l'entendons en Occident. Seulement des tribus. Elles sont déguisées, certes, mais aujourd'hui ce sont les mêmes que celles que Lawrence et moi avons côtoyées là-bas, il y a plus de cinquante ans.

Il tira sur sa pipe, avant de lâcher soudain :

— J'ai lu le livre de Lawrence…

Nous sommes restés suspendus à ses lèvres. J'ai failli demander « lequel », mais je me suis mordu les lèvres.

Il a repris :

— La totalité des biographes s'accordent à soutenir que ce serait au cours de l'une de ses expéditions au Moyen-Orient que Lawrence aurait conçu son attachement pour les Arabes. Ce cher Liddell Hart, auteur d'une simple hagiographie, nous dit que « les contacts de T. E. avec les Bédouins avaient augmenté la sympathie qu'il éprouvait pour eux *avant* de les connaître ». Ce qui signifie que cette sympathie aurait été antérieure aux premiers contacts, par une mystérieuse prédestination. Et, toujours selon Liddell Hart, Lawrence lui aurait confié, en 1929, qu'il avait étudié la guerre depuis l'âge de seize ans et que, dès cette époque, il avait été hanté par l'idée de « libérer un peuple ». Il avait choisi les Arabes comme les seuls intéressants parmi ceux qui avaient encore besoin d'être aidés. Pures affabulations !

— Et pourquoi donc ? s'étonna Françoise.

— Pourquoi ? Mais, madame, rien n'indique le moindre intérêt de Thomas Edward pour les Arabes ni les Bédouins *avant* son départ pour l'Orient. On a commodément fait l'impasse sur certains propos des lettres qu'il adressa à sa mère en 1909, lorsqu'il évoquait la Palestine. Il lui disait : « Plus vite les juifs cultiveront les terres couvertes de chardons de Galilée, mieux cela vaudra. Leurs colonies sont des joyaux dans le désert. » Il s'agissait des immigrés juifs de Russie, chassés par les pogroms. C'était huit ans avant la déclaration Balfour. Et Lawrence ne démentit jamais sa sympathie pour les Sionistes. Pas pour les Arabes. C'est donc un mythe... mité ! Et, à propos des ouvriers terrassiers égyptiens du Fayoum, il écrira qu'ils étaient « sales, pouilleux, ennuyeux, irrespectueux, irresponsables, ignares, hargneux et querelleurs ». De retour à Oxford, Lawrence rédigea une thèse, que j'ai lue, intitulée : « L'Influence des croisades sur l'architecture militaire du Moyen Âge en Europe », où il démontrait, photos et croquis à l'appui, que c'était l'architecture *normande* qui avait influencé les châteaux forts de Syrie, et non l'inverse. *Bullshit* ! Il semblait fasciné par les guerres du passé, un monde que son imagination auréolait à l'évidence de gloire épique. Le jeune homme voulait exister, et il ne pouvait exister que dans l'héroïsme et le défi.

J'ai questionné :

— Pourquoi cette obsession du passé ?

— Probablement parce que son père se disait apparenté au navigateur sir Walter Raleigh, qu'il descendrait donc d'un officier de Cromwell, et que celui-ci se serait vu remettre les terres de Killua en récompense de ses loyaux services. Je n'y crois pas. À mon avis, il existe une raison plus prosaïque : en l'absence de liens affectifs, il s'était retranché en lui-même et vivait dans un monde imaginaire. En revanche, du point de vue des études, Thomas Edward n'était pas un faiseur. En 1905, il avait obtenu le premier prix de grec et s'était signalé à ses maîtres par un texte paru dans le magazine de son école, sous le titre « Archéologue et géologue dans le Hampshire ». Ses aspirations commençaient à être connues.

Il frappa sa pipe contre sa paume.

— En vérité, si Lawrence s'est senti si bien en terre musulmane, c'est tout simplement parce que les hommes et les femmes y menaient des vies séparées. Il ne s'intéressait aux femmes – telles que Charlotte, l'épouse de Bernard Shaw – que lorsqu'il n'y avait aucun risque d'intimité. Charlotte Shaw fut, en quelque sorte, une mère auprès de qui il pouvait se faire plaindre. Il y avait des choses que, seule, elle pouvait comprendre ; le mépris de la chair, par exemple. D'ailleurs, Charlotte, bien que mariée, n'eut jamais de rapports sexuels avec son mari.

Sans que nous nous soyons concertés, cette allusion nous fit penser aussitôt à lady Astor. Mêmes liens, mêmes échanges tout en retenue.

Richard conclut, d'un coup :

— Lawrence était un homosexuel non assumé.

Anthony faillit s'étrangler.

— Pardonnez-moi, commandant, mais d'où tenez-vous cette affirmation ?

Meinertzhagen laissa échapper un petit ricanement.

— Mais de Lawrence lui-même, tout simplement !

Il se déplaça jusqu'à son bureau et, après avoir calé son fauteuil, tira un manuscrit de son tiroir.

— En 1911, il écrivit à sa famille qu'il « adorait l'intimité, la liberté délicieuse des hommes de Karkemish ». Je ne suis pas archéologue, mais quiconque a jamais assisté, fût-ce un ou deux jours, aux travaux des terrassiers sur les chantiers de fouilles mesurera l'absurdité de pareils propos. Les terrassiers travaillent comme des forçats, sous un soleil d'enfer, sous la direction de contremaîtres hurlant des ordres de temps à autre, quand une rangée de pierres semble révéler l'emplacement de fondations antiques. Il ferait beau voir de parler d'« intimité » et de « liberté délicieuse ». Cependant, la bonne humeur que Thomas Edward entretenait parmi les équipes de Karkemish est révélatrice : au lieu de les traiter avec hauteur, il se comportait comme l'un d'eux, ou plutôt comme celui qu'il pensait être, un bâtard sans le sou.

Il entrouvrit le manuscrit et prit ses lunettes.

— Je vous soumets ce passage, écrit de la main de Lawrence, et vous me direz si ces mots ne se suffisent pas à eux-mêmes.

Il récita :

— « Les hommes étaient jeunes et robustes ; la chair et le sang chaud revendiquaient inconsciemment un droit sur eux et tourmentaient leurs ventres d'étranges désirs. Nos privations et nos dangers attisaient cette chaleur virile, dans un climat aussi torturant que l'on puisse concevoir. Nous n'avions aucun endroit clos où être seuls, pas de vêtements épais pour cacher notre nature. L'homme vivait exposé à l'homme en toutes choses. L'Arabe était continent par nature, et l'universalité du mariage avait quasiment aboli les conduites irrégulières dans ses tribus. Les femmes publiques des rares installations que nous rencontrâmes, durant nos mois de vagabondage, n'auraient été rien pour notre nombre, même si leur viande rebattue avait été consommable par un homme sain. Par horreur d'un commerce si sordide, nos jeunes gens commencèrent indifféremment à assouvir leurs rares besoins mutuels dans leurs propres corps immaculés – froide commodité qui, en comparaison, semblait asexuée et même pure. Plus tard, certains se mirent à justifier ce procédé stérile, et juraient que des amis frémissant ensemble dans le sable meuble, leurs membres chauds intimement mêlés en un enlacement suprême, trouvaient là, caché dans les ténèbres, un concomitant sensuel de la passion mentale qui soudait nos âmes et nos esprits dans un seul effort embrasé. Plusieurs, ayant soif de punir des appétits qu'ils ne pouvaient entièrement prévenir, trouvaient une fierté à dégrader le corps, et s'offraient furieusement à toute pratique qui promettait de la douleur physique ou de l'ordure. »

Il se tut et nous fixa.

— Bien plus loin, évoquant la sexualité en Occident, il écrit que l'inégalité des sexes y fait de la femme un objet pour « l'exercice physique », contraignant l'homme à ne se confier qu'à ses égaux, c'est-à-dire à d'autres hommes. Étrange interprétation de l'hétérosexualité, selon laquelle on ne confierait jamais son psychisme à la femme aimée. Quoi que l'on pense de ces considérations, elles indiquent que Lawrence avait réfléchi à son homosexualité et s'était confectionné ces justifications spécieuses. Les appréciations du corps masculin abondent dans Les Sept Piliers de la sagesse, même dans des circonstances qui ne se prêtaient pourtant pas à l'hédonisme. Un soir, lui et Ali, l'un des chefs bédouins…

Il s'arrêta pour préciser :

— Il ne s'agit évidemment pas du personnage totalement inventé que l'on voit sous les traits d'Omar Sharif !

Et il enchaîna :

— Les deux hommes arrivent donc à l'oasis d'Azraq, et Lawrence nous dit : « Ali secoua enfin ses rênes, et sa chamelle choisit soigneusement son chemin en descendant le flot de lave jusqu'au sol riche derrière les sources. Nos yeux plissés s'ouvrirent grand de soulagement, en voyant que l'âcreté de toutes les semaines précédentes avait disparu des reflets de soleil. Ali hurla : "De l'herbe !" et se jeta de sa selle sur les mains et les genoux, le visage penché vers les rudes tiges qui semblaient si douces dans le désert. Il sauta sur ses pieds, empourpré, avec son cri de guerre harith, arracha son couvre-tête et courut le long du marigot, bondissant par-dessus les canaux rouges où l'eau se figeait parmi les roseaux. Ses pieds blancs brillaient entre les plis agités de ses robes de cachemire. En Occident, nous faisons rarement l'expérience de cette beauté supplémentaire, quand on voit le corps légèrement balancé sur des pieds nus, quand le rythme et la grâce du mouvement deviennent visibles, avec le jeu des muscles et des tendons marquant le mécanisme de chaque enjambée et l'équilibre de chaque pause. » Dois-je commenter ?

J'ai secoué la tête.

Il dit encore :

— Il semble que Lawrence ne puisse voir un homme sans faire part de son appréciation ; ainsi d'un de ses gardes du corps, Awad, engagé d'office à la différence des autres : « Awad était un garçon de dix-huit ans environ, dépenaillé, à la peau brune, splendidement bâti, avec les muscles et les tendons d'un athlète. » Il rappelle cette période du temps qu'il était à Port-Saïd, dans sa jeunesse : « Il subsistait un arrière-goût de liberté dans une quinzaine de jours de ma jeunesse immergés à Port-Saïd, où je chargeais du charbon sur les vapeurs le jour avec d'autres parias de trois continents, et me roulais en boule la nuit pour dormir près de Lesseps[1], sur la jetée frôlée par la houle. Il est vrai que me guettait toujours ce Vouloir qui attendait anxieusement de faire irruption. Mon cerveau était aussi prompt et silencieux qu'un chat sauvage, mes sens comme de la boue lui entravant les pieds, et mon moi (toujours conscient de lui-même et de sa timidité) disant à la bête qu'il était de mauvais goût de bondir et vulgaire de se repaître de la proie. Ainsi empêtrée dans les nerfs et l'hésitation, ce ne pouvait être une chose dont avoir peur, et pourtant c'était une vraie bête, et ce livre, c'est sa peau galeuse, séchée, empaillée et dressée à la face des hommes. »

Meinertzhagen s'arrêta et nous fixa.

— À quels « plaisirs » et quelles « aventures » « au-dessous de lui-même » se réfère-t-il ? Il faudrait beaucoup de mauvaise foi ou d'obstination pour ne pas le voir. Je suis convaincu que, durant ces semaines à Port-Saïd, Lawrence a eu des rapports avec ces « parias de trois continents », Europe, Asie et Afrique. Le « seuil d'animalité » auquel il se réfère laisse peu de doutes là-dessus. Et, pour confirmer l'homosexualité de T. E., je vous conseille de vous reporter à l'ouvrage de son camarade d'école, Vyvyan Richards, qui, lui, ne cachait pas son intérêt pour la gent masculine. Richards y relate la nuit où ils se sont rencontrés. Je le cite de mémoire : « Assis devant la cheminée de sa chambre, nous avons parlé et parlé pendant des heures, et Lawrence a exposé une théorie qui m'avait alors paru extraordinaire, selon

1. Le 17 novembre 1899, à l'occasion du trentième anniversaire de l'ouverture du Canal, une colossale statue en bronze de Ferdinand de Lesseps, réalisée par Emmanuel Frémiet (1824-1910), avait été érigée à Port-Saïd. Elle dominait l'entrée du Canal. Elle fut abattue en 1956.

laquelle le monde s'était arrêté en 1500, avec l'arrivée de l'imprimerie et de la poudre à canon. Ensuite, tard dans la nuit, une affection profonde et soudaine s'empara de nous, si forte que j'en suis encore ému trente ans plus tard. » Et…

Anthony osa le couper.

— Pardonnez-moi, mais ce livre, je l'ai lu. Il s'agit de *Portrait of T. E. Lawrence*. Vyvyan précise aussi : « Ce fut un coup de foudre. Il n'avait rien en lui de sensuel ou de charnel ; il ne le comprit pas. Il se contenta de recevoir mon affection, mon sacrifice, en fait ma soumission la plus totale. »

Prenant tout le monde de court, Françoise décida d'intervenir et, à ma grande stupéfaction, elle s'opposa à la théorie de notre hôte.

— Je ne suis pas d'accord avec vous, commandant, lorsque vous affirmez l'homosexualité de Lawrence. Je suis persuadée au contraire que la stricte éducation victorienne qu'il avait reçue inhiba et tint en respect ce qui était sans doute, en effet, sa vraie nature. Comme vous l'avez souligné à plusieurs reprises, il déclara sa préférence pour le corps des hommes, mais de la même façon qu'il aimait les nus des statuaires grecques. Je dirais qu'à l'instar de l'anorexique qui trouve un subtil plaisir dans le refus de la nourriture, du prêtre qui se grise de chasteté ou du moine qui se flagelle dans sa cellule, Lawrence avait certainement un rapport singulier au corps. Il semble aussi qu'il préférait l'échange épistolaire à l'intimité physique. Un subtil moyen de garder une certaine distance et le contrôle de la situation. Au fond, ce n'est pas l'acte qui caractérise la sexualité, mais le désir.

Richard posa le manuscrit sur son bureau et exprima sa reconnaissance à mon épouse en frappant dans ses mains.

— Félicitations, madame. Une analyse que Freud lui-même eût saluée.

— C'est normal, commandant, je suis psychiatre, répliqua Françoise, sans doute flattée.

Encouragée, elle développa :

— De toute façon, Lawrence n'aurait jamais pu affirmer publiquement son intérêt pour les hommes. N'oublions pas ce que représentait, à cette époque, le fait d'être homosexuel. Certes, la peine de mort pour le « péché contre nature » était abolie en Angleterre depuis 1861, mais la législation avait été durcie en 1885 et en 1898. La guerre n'arrangea pas les choses, la propagande présentant cette spécialité comme un « vice allemand » et, dès lors, considéré « comme un crime presque équivalent à la trahison ». Pour autant, « le beau vice », comme on disait jadis dans les jardins de Versailles, se portait bien dans les *public schools* et à Oxford. Il fleurissait aux quatre coins de l'empire chez les officiers, les diplomates, les hauts fonctionnaires, et peut-être même chez les vice-rois. Reste qu'il suscitait de vertueux haut-le-cœur chez les bigots et les « honnêtes gens ».

— *My dear*, une fois de plus, vous avez ô combien raison ! La liste des présumés coupables, s'il avait fallu l'établir, eut été fort longue, à commencer par le ministre de la Guerre, lord Kitchener, que d'aucuns classaient, mais sans preuve, je le reconnais, dans la même catégorie que Lawrence. Dès lors, celui-ci, s'il avait souhaité suivre cette pente, aurait pu s'adonner en Orient à ces plaisirs interdits sans risquer autre chose qu'un sourire ironique ou complice. Il aurait été en bonne compagnie car, pour certains artistes et écrivains, le voyage en Orient était, depuis longtemps, un passage initiatique obligé. Les felouques du Nil et les dunes du désert en avaient vu et en verraient, sans doute, bien d'autres.

Une chose me paraît certaine : Thomas Edward rejetait furieusement son éducation anglaise, et toute la société à laquelle sa condition de bâtard lui avait interdit l'accès. L'homosexualité était alors et resta longtemps un défi à la société anglaise ; le scandale d'Oscar Wilde l'a assez démontré. De ce fait, assumée ou non, elle était pour Thomas Edward le défi suprême qu'il pouvait lancer à l'Angleterre de George V. Ce qui offre une clef aux positions politiques ultérieures de « Lawrence d'Arabie ».

Après quelques minutes de silence, le commandant déclara :

— Si vous n'avez pas d'autres questions, je ne vous retiens pas.

— Si, s'exclama Françoise, une seule.

— Je vous écoute.

— Il semble que vous ayez eu entre les mains la première version des Sept Piliers, celle que Lawrence dit avoir égarée à la gare de Reading. Est-ce exact ?

Meinertzhagen confirma.

— Cette version différait-elle beaucoup de la seconde ?

— Assez largement, oui. Aucun écrivain, si talentueux soit-il, n'est capable de réécrire son manuscrit intégralement, mot pour mot. Par conséquent…

— Je veux parler de passages qui auraient pu ternir son image et qu'il aurait pu supprimer consciemment.

Le commandant prit le temps de bourrer sa pipe puis de la rallumer, avant de répondre :

— Oui, madame. Je le confirme. Vous savez, Lawrence a écrit lui-même dans Les Sept Piliers : « Notre vie n'est pas tout entière dans ce que j'ai écrit, il y a des choses que l'on ne peut répéter de sang-froid, par pure honte. »

— De quoi traitaient ces passages ?

— Je risque de vous choquer.

Françoise le rassura.

— Je vous l'ai dit, je suis psychiatre. J'en ai entendu bien d'autres.

— Retenez déjà ceci, et c'est important. À cette époque, la Grande-Bretagne, maîtresse des mers et de « l'empire sur lequel le soleil ne se couche jamais », protégeait farouchement celui-ci contre les menées étrangères, forcément jalouses. Pour cela, elle veillait sur la route des Indes, c'est-à-dire sur Suez et la mer Rouge. L'Orient est, pour elle, un vaste ensemble de territoires occupés par des populations arriérées de « races inférieures ». Pendant la Seconde Guerre mondiale, celui qui deviendrait l'un de ses héros, Winston Churchill, déclara : « Je hais les Indiens, c'est un peuple bestial avec une religion bestiale. » C'est donc peu de dire qu'une trentaine d'années auparavant, les dirigeants anglais n'ont qu'une vague idée de ces populations sous-développées que l'on n'appelle même pas encore « Tiers-Monde », de leurs histoires et de leurs identités. En dépit de l'Entente cordiale, la France était la grande rivale de la Grande-Bretagne, car elle était déterminée à occuper la Syrie dès que l'Empire ottoman se serait écroulé. Il faut aussi rappeler que, sur les cartes alors disponibles, les frontières de ce pays sont bien différentes de ce qu'elles deviendront après la Première Guerre mondiale. Voyageurs et historiens n'ont guère appris grand-chose à leurs dirigeants au sujet de ces populations sur lesquelles ils prétendent régner. Et le racisme inconscient qui prévaut dans les élites occidentales ne les éclaire pas. Un demi-siècle plus tôt, en 1859, un esprit aussi généreux que votre Jules Ferry ne déclarait-il pas : « Messieurs, il faut parler plus haut et plus vrai ! Il faut dire ouvertement qu'en effet les races supérieures ont un droit vis-à-vis des races inférieures. Je répète qu'il y a pour les races supérieures un droit, parce qu'il y a un devoir pour elles. Elles ont le devoir de civiliser les races inférieures. »

J'ai opiné.

— Votre exposé est très instructif, commandant, mais nous ne savons toujours pas de quoi traitaient les passages que vous avez eus entre les mains.

— Un chapitre entier, racontait – entre autres – un épisode homosexuel entre un soldat britannique et un jeune Arabe. Je cite de mémoire : « Deux amis, frissonnant dans un creux de sable à l'enlacement de leurs corps brûlants, trouvaient, cachés dans l'ombre, un adjuvant sensuel à la passion mentale qui soudait nos esprits et nos âmes en un seul effort flamboyant. » Lawrence y exposait aussi ses vues sur l'homosexualité, dont – disait-il – il réprouvait vivement les pratiques, tout en faisant preuve de compréhension pour ceux qui s'y livraient dans les conditions très particulières de la guerre du désert. Il traitait aussi de la lâcheté du gouvernement britannique et des puissances qui entendaient jouer avec les territoires d'Orient et les populations qui les habitent comme avec des pions sur un échiquier, sans trop savoir qui étaient vraiment ces pions. Il exprimait sa rage d'avoir fait partie de ces pions, et son mépris à l'égard des diplomates. Il disait qu'il avait honte du rôle qu'on lui avait fait jouer dans la Révolte arabe, et que l'attitude de l'Angleterre ne faisait pas honneur à son pays. Il faut préciser qu'il a refusé d'être décoré de l'Ordre du Bain, *The Most Honourable Order of the Bath*. Il ne désirait pas être récompensé pour avoir trompé les Arabes et leur avoir donné de faux espoirs. Il signifia respectueusement au roi qu'il ferait tous les efforts pour que les Arabes fussent traités avec justice.

Sa Majesté, bien que ne voulant pas croire ses ministres capables d'agir de façon déloyale, l'autorisa à refuser les décorations. Lawrence explique aussi qu'il aurait rappelé à Sa Majesté certaines promesses faites à l'émir Fayçal, que ces promesses n'avaient pas été remplies et que, par conséquent, il était fort possible qu'il se trouvât obligé de se battre contre les troupes anglaises. Auquel cas il lui serait évidemment impossible de porter des décorations britanniques. J'avoue qu'en lisant ce passage, je fus très surpris, et même choqué. Lorsque j'ai posé la question à Lawrence, il a répondu : « Je n'ai jamais eu l'idée de combattre les Britanniques les armes à la main ! » Je lui ai précisé que c'était pourtant ce que j'avais lu dans son texte. Il a réagi par un haussement d'épaules : « C'est donc une erreur. » Et puis… Il parlait de son masochisme.

— Son masochisme ?

— Vous paraissez surpris, monsieur Savarus. Il n'y a pourtant pas de quoi. Nombre de détails le prouvent. En particulier deux épisodes. Ils sont dans la première version que votre épouse vient de mentionner. Je les ai lus. Je les ai notés.

Il s'empressa de nous prévenir.

— Mais ce n'est pas aujourd'hui que je vous en ferai part. J'attends des amis. Peut-être un autre jour. D'ici là, puisque vous paraissez si intéressés par T. E., je vous conseille de vous rendre à la British Library. Demandez de ma part Sybille Bowen. C'est une cousine. Dites-lui que vous auriez aimé lire le manuscrit du roi Lawrence, écrit par Selim Ahmed.

Antony s'informa :

— Qui est Selim Ahmed ?

— Ce sera à vous de le découvrir, je n'y suis jamais parvenu. *Good Luck!*

7

Sybille Bowen devait avoir la trentaine, mais elle était vêtue de la manière la plus vieillotte qui soit. Tailleur noir, chemisier à col fermé, le nez surmonté de lunettes cerclées d'acier. Quand j'évoquai le nom de Selim Ahmed, elle prit un air renfrogné, me communiqua un numéro de place et disparut.

Une trentaine de minutes plus tard, elle me remit l'ouvrage mentionné par le commandant. Une quarantaine de pages. Toutes rédigées à la main.

— Nous fermons à six heures, me rappela Mrs Bowen.

Et elle quitta la salle de lecture, l'air plus renfrogné que jamais.

*

12 mai 1935, Wareham

Lawrence a rencontré David Hogarth pour la première fois à Oxford, en 1909, alors qu'il avait tout juste vingt et un ans. Hogarth, qui en avait quarante-sept, venait d'être nommé conservateur de l'Ashmolean Museum.

Quatre ans auparavant, T. E. avait obtenu un premier prix de grec et s'était signalé à ses maîtres par un texte paru dans le magazine de son école, sous le titre « Archéologue et géologue dans le Hampshire ».

Assez rapidement, le courant est passé entre le jeune étudiant et l'archéologue, et Lawrence ne tarda pas à lui faire part de son rêve secret: visiter la Grande Syrie[1]. Pour quelle raison? Afin de rédiger une thèse sur les châteaux des croisés en Europe et en Syrie. Hogarth a tout de suite éprouvé de la sympathie pour ce garçon qui, à son âge, témoignait autant d'intérêt pour un métier ingrat, nécessitant beaucoup d'abnégation, alors que la plupart des autres couraient les pubs et les filles dès qu'ils en avaient le loisir. Il le chargea de la classification des poteries de la collection du musée.

Un an plus tôt, alors qu'il venait de fêter ses dix-huit ans, T. E. avait entrepris une série de voyages à bicyclette à travers la France. Du Havre à Aigues-Mortes, et retour par les routes de l'Ouest. Je n'ai jamais su qui lui avait indiqué cet itinéraire. Peut-être l'a-t-il découvert lui-même, d'après les châteaux qu'il désirait visiter. En tout cas, il m'a affirmé qu'il avait eu trente-huit crevaisons de pneus et qu'il parcourait 180 miles par jour, ce qui eût fait 288 kilomètres, dépassant un peu la moyenne journalière des champions qui courent le Tour de France! Les 100 miles par jour dont il parle pour son voyage de 1908 semblent, sur la carte, se réduire à 100 kilomètres; quoi qu'il en fût, c'était un exploit extraordinaire pour un amateur.

La partie la plus marquante de ce voyage fut son séjour à Aigues-Mortes, cette base fortifiée de la Septième Croisade datant du XIIIe siècle. Aigues-Mortes fut le premier contact de Lawrence avec la Méditerranée. Il eut le sentiment, m'a-t-il confié, d'avoir enfin atteint le

1. Une région qui correspondait en gros aux territoires des actuels Syrie, Liban, Israël et Palestine, voire certaines parties de la Jordanie, de l'Irak et de l'Égypte.

« chemin du Sud et de l'Orient prestigieux ». Il crut voir devant lui la Grèce, Carthage, l'Égypte, Tyr, la Syrie, l'Italie, l'Espagne, la Sicile, la Crète... Il me confia : « Il me faut descendre vers ces rivages ! Vraiment, la hantise de ce chemin qui va à la mer a presque détruit l'équilibre de mon esprit : j'accepterais dès demain un passage pour la Grèce. »

Hogarth a essayé de freiner son enthousiasme en lui faisant remarquer que ce n'était pas la bonne saison pour se rendre en Syrie. Nous étions au mois de juin.

— J'irai quand même, a répliqué T. E.

— Avez-vous assez d'argent ? Il faudra payer des montures, des guides, des porteurs pour votre tente et vos bagages...

— J'irai à pied.

— Les Européens ne voyagent pas à pied là-bas, c'est risqué.

Mais rien ne pouvait le dissuader. Lors d'une visite qu'il fit à Charles M. Doughty, l'auteur d'un livre qui lui avait fait une forte impression, *Voyages en Arabie déserte*, celui-ci tenta à son tour de lui faire abandonner son projet ; en vain. J'ai cru comprendre qu'un pasteur syrien protestant, professeur dans une école d'Oxford, le Rev. Odeh, lui avait enseigné des éléments d'arabe dialectal syrien.

Il partit donc fin juin.

J'éviterai de décrire en détail le récit de ce voyage, il donne le tournis. Arrivé à Beyrouth, Lawrence gagna Sidon, longea les rives du lac Huleh, entra en Transjordanie et descendit jusqu'à Nazareth. De là, il se rendit à Haïfa, Saint-Jean d'Acre et Tyr, puis revint à Beyrouth en août. Le trajet suivant le mena à Tripoli, Lattaquié et Antioche, à travers les montagnes syriennes. Je n'ai jamais su dans quelles circonstances il fit en automobile le chemin qui le mènerait au-delà d'Alep et d'Antab, jusqu'à l'Euphrate, Urfa et Harran ; il est très improbable qu'il l'ait conduite ou qu'on lui en ait prêté une. Ou alors, il m'avait menti, il n'était pas sans le sou. Il semble qu'avant son départ, son père lui aurait remis une bonne somme dont il employa (selon Vyvyan) une partie à acheter un revolver, un Mauser, et un appareil photographique, au prix de 40 livres.

Enfin, le 30 septembre, il regagna Beyrouth par le train, *via* Hama, Homs et Damas, après avoir visité trente-sept châteaux construits par les croisés, dont le célèbre krak des Chevaliers.

Au début d'octobre, il rembarquait pour l'Angleterre. Le voyage avait duré plus de trois mois. Il fut le seul témoin de ce périple échevelé. Tout au long de ses randonnées à pied, il avait ramassé des fragments présumés hittites, sceaux et débris de sculptures qu'il destinait aux collections de l'Ashmolean Museum. J'ai retenu qu'il s'était emparé de vestiges sur lesquels il n'avait aucun droit de propriété. Mais telle était l'attitude des archéologues à l'égard du Proche-Orient où n'importe qui, sous prétexte d'archéologie, pouvait faire main basse sur ce qu'il trouvait. Ainsi en avait fait Schliemann avec les trésors de Troie, ainsi en avaient également fait les archéologues anglais et allemands avec des objets de fouilles égyptiens. Et c'est pourquoi le célèbre buste de Néfertiti se trouve aujourd'hui à Berlin.

Quelques incidents déplaisants avaient émaillé son voyage.

Un jour, un homme à l'air cruel vint à passer qui tira sur lui, mais le manqua, heureusement. Sur quoi, Lawrence, pour effrayer cet individu, visa si adroitement avec son revolver le petit doigt du Turc qu'il le blessa légèrement. Le géant en resta pantois. Là-dessus, le jeune héros pansa le doigt du Turc et tapota sur son dos pour témoigner de ses bonnes dispositions à son égard. Mais il fit plus encore, en « partageant avec lui le peu d'argent qu'il avait dans sa bourse ». Enfin, tous deux redescendirent en bons amis les pentes de la montagne. J'avoue que j'ai peine à croire à ce récit.

Une autre fois, un voleur (que Thomas Edward, sans doute doté de prescience, définit comme un Turc), tenté par sa montre, avait suivi le jeune Anglais sur une piste, l'avait attaqué et tenté de le tuer avec son propre pistolet, un Webley. Mais Thomas Edward avait eu le temps d'en bloquer la détente. Une bagarre s'ensuivit au cours de laquelle le « Turc » mordit la main de sa victime et tenta de l'assommer avec une pierre. L'arrivée inopinée d'un berger sauva T. E. du pire, car l'agresseur prit la fuite, mais non sans s'être emparé de la montre et des sceaux hittites achetés ou trouvés au cours de ses pérégrinations. Parvenu à la ville voisine, Urfa, Thomas Edward aurait réussi, à l'aide d'un gros bakchich, à persuader les policiers de rechercher le voleur dans le village où il s'était sans doute réfugié. Les chefs du village acceptèrent de livrer le malandrin aux autorités et les policiers rendirent à Thomas Edward sa montre, son revolver et le plus précieux, les sceaux et fragments hittites, mais non l'appareil photographique, dont on ne sait s'il fut dérobé au cours de cette attaque ou d'une autre.

Le récit révèle un point négligé des biographes : le voyageur s'était aventuré seul sur des pistes périlleuses ; on a voulu y voir une marque de courage, alors que c'était tout bonnement de l'imprudence. Certains biographes évoquent la présence d'un « garde du corps », un cavalier, précisent même certains, mais celui-ci ne semble pas s'être manifesté durant l'attaque ; on est même en droit de se demander s'il en exista un, car il eût fallu le payer et Thomas Edward n'en avait pas les moyens.

De plus, les incidents décrits par celui-ci sont confus. Peut-être l'imagination de Thomas Edward lui joua-t-elle des tours ; celle des biographes, en tout cas, les a portés au lyrisme : l'un d'eux écrit que « ces risques mortels endurcirent et mûrirent le corps et l'esprit du chercheur intrépide », qui apprit ainsi à aimer « ce merveilleux Orient ». Reste un fait, il a effectué ce voyage dans des conditions hautement risquées.

De retour à Oxford, il rédigea une thèse intitulée « L'influence des croisades sur l'architecture militaire du Moyen Âge en Europe », où il démontrait, photos et croquis à l'appui, que c'était l'architecture normande qui avait influencé les châteaux forts de Syrie et non l'inverse, comme on l'avait jusqu'alors supposé. Je ne suis pas suffisamment calé pour savoir s'il a raison ; mais Hogarth, lui, en est convaincu. L'archéologue demeurera d'ailleurs, et jusqu'à sa mort, un génie protecteur de Lawrence.

Le 22 juillet 1910, le jury lui décerna la mention « Très bien ». Hogarth lui obtint, par le Magdalen College, une bourse de quatre ans, et le fit agréer auprès de la mission du British Museum à Jerablus, sur le Haut-Euphrate, site présumé de Karkemish, la place forte des Hittites.

Thomas Edward s'y rendit utile en classant les vestiges exhumés selon les profondeurs – jusqu'à dix mètres – et en gérant la copie des inscriptions. On m'a rapporté aussi qu'il entretenait la bonne humeur parmi les équipes indigènes de terrassiers.

Les pluies de novembre interrompirent les fouilles et Hogarth expédia son protégé en Égypte, auprès du célèbre égyptologue Flinders Petrie, qui travaillait dans le Fayoum. Je suppose qu'il souhaitait qu'il s'initie à la technique de stratigraphie appliquée par Petrie. Elle consistait à fouiller un site par couches successives, et non pas en creusant de manière désordonnée. De plus, cette technique prescrivait de recueillir tous les vestiges, même les plus insignifiants, car ils pouvaient recéler des informations inédites.

Il semble que Lawrence ne se soit pas montré intéressé par les méthodes de Flinders Petrie. Regrettable négligence : elles inauguraient tout bonnement l'archéologie moderne. Mais il est possible que le premier accueil que lui fit l'archéologue l'eût mal disposé. En effet, Lawrence était arrivé au camp vêtu d'un « short » – c'est-à-dire d'un caleçon, selon les normes d'habillement de l'époque –, d'une chemise rose et d'une ceinture à pompons.

« *Young man*, lui aurait lancé Petrie, nous ne jouons pas au cricket, ici ! »

Trois ans se passèrent en activités de ce genre.

T. E. revint à Karkemish l'année suivante, dans l'équipe de Hogarth et celle de Leonard Woolley, éminent archéologue qui, lui aussi, contribua beaucoup à la connaissance de la civilisation hittite. Vaste sujet : de 2000 à 1200 avant notre ère, ce peuple oriental avait régné sur l'Asie Mineure, du Tigre jusqu'à l'extrémité occidentale de la Turquie, et de la mer Noire à la Syrie. Mais étaient-ce les Hittites qui intéressaient vraiment Lawrence ? Ce qui semble l'avoir surtout retenu dans la région, c'est un type d'existence rude, où les rapports sociaux étaient réduits à des entretiens occasionnels avec les archéologues de la mission et des échanges rudimentaires avec les terrassiers locaux. La chaleur devenait écrasante l'été et, dès les premières pluies, le froid lui succédait sans aménité. J'imagine que si T. E. apprécia ces conditions de vie, c'est parce qu'il se sentait loin de la société anglaise et de son arsenal de conventions et de convenances. D'ailleurs, il ne retourna que deux fois en Angleterre au cours de ces quatre ans.

Je tentai de me représenter ce jeune Anglais blond aux yeux bleus dans la partie de ses pérégrinations à pied, portant sur le dos un sac de vestiges historiques, son appareil photo, une bouteille d'eau et quelques vivres. Et tout ça dans des régions presque sauvages, sans routes, avec, de loin en loin, un campement ou un village de Bédouins, sans électricité.

Et je ne parle pas des chacals, vipères et scorpions, qu'il valait mieux ne pas déranger. Ni des mouches et autres insectes.

J'imagine sans peine la perplexité des habitants de ces régions à l'apparition de cet étranger qui baragouinait quelques mots enseignés par le Rev. Odeh.

Quand il était sur un terrain de fouilles, il était payé 15 shillings par jour, ce qui suffisait largement à ses besoins dans des pays où la vie n'était pas chère ; le reste du temps, il se débrouillait avec les 100 livres sterling annuelles du contrat que Hogarth lui avait obtenu et avec de petits boulots.

Il me souvient qu'un jour, il commit un acte incroyable. Apprenant que Hogarth rentrait de Londres après s'être marié, il décora sa chambre de rubans et de satin rose ! Hogarth était furieux. Ce jour-là, inévitablement, je me suis posé la question de la vie privée de Lawrence : comment a-t-il pu tenir, de vingt et un à vingt-cinq ans, dans un dénuement total, affectif et, il faut bien le dire, sexuel ?

J'ai cru comprendre qu'il avait vécu une déception amoureuse avant son premier voyage en Syrie. Lors d'un dîner dans la maison familiale, il aurait demandé la main d'une jeune convive, une dénommée Janet Laurie, de deux ans son aînée. Elle avait été une camarade de jeu occasionnelle des garçons de la famille. Rien n'avait laissé prévoir une telle demande : aucun flirt, aucune déclaration préalable. Janet Laurie, surprise, refusa en riant, et T. E. n'eut que ces mots : « Oh, je vois. » Il n'en reparla jamais.

L'épisode n'évoque aucunement une déception amoureuse au sens exact de ces termes, rien n'indiquant que le jeune homme eut nourri une attraction ou un sentiment profond pour la jeune fille. Celle-ci avait d'ailleurs un faible pour le puîné, William, qu'elle a fini par épouser. La proposition de mariage ressemble bien plus à un défi, un de plus, que Thomas Edward se serait lancé à lui-même. Et son caractère abrupt fait davantage penser à une provocation qu'à un élan du cœur.

Il faut noter que trois points dominèrent les années de jeunesse de Thomas Edward Lawrence. Le premier est l'absence du père. Thomas Chapman n'exerçait guère son autorité dans le ménage, ni dans la famille. La seule autorité que connurent les cinq fils fut celle de Sarah Junner, et elle n'incitait pas à l'affection mais à la méfiance et au repli sur soi. « Le fait de l'avoir connue me préservera à tout jamais de faire d'aucune femme une mère, par qui naîtraient des enfants », a-t-il écrit à Charlotte Shaw.

Le deuxième fut le caractère particulier du couple. Lawrence, comme ses frères, flaira à coup sûr la nature insolite de l'union de ses parents : dans leurs rapports avec les autorités locales et avec les voisins, Thomas Chapman et Sarah Junner ne pouvaient qu'être élusifs sur la légalité de leur couple. Les enfants sont fins limiers, on le sait, et dans son enfance, Thomas Edward avait surpris une conversation entre son père et un notaire, sur les biens fonciers que le père possédait toujours en Irlande. Il avait alors dix ans, dit-il ; il comprit ainsi que son père avait eu une autre épouse. On ne sait à quel moment les frères Lawrence devinèrent leur condition de bâtards aux yeux de la société, ni quelles furent leurs réactions. Chacun réagit évidemment et mena sa vie selon son caractère. L'aîné, Robert, par exemple, devint médecin selon le souhait de sa mère, et partit plus tard avec elle pour évangéliser la Chine. Sans doute, mais on n'en connaît pas les raisons, T. E. se forgea-t-il de sa bâtardise une conscience plus aiguë que ses frères, et il se rebella contre l'autorité maternelle.

Le troisième point fut la lettre d'aveux posthume que Thomas Chapman laissa à ses enfants. On en connaît la teneur : « Chers fils, je sais que cette lettre vous causera à tous un grand chagrin et une grande tristesse, de même qu'à moi qui l'écris. La réalité est que votre mère et moi n'avons jamais été mariés. [...] Votre mère et moi tombâmes malencontreusement amoureux l'un de l'autre, et lorsque la chose fut révélée, nous ne songeâmes qu'à nous enfuir et à nous cacher avec toi, Bob, alors bébé. »

Lawrence avait alors onze ans ; ces aveux ne pouvaient plus changer grand-chose, sinon qu'ils scellaient son éloignement de sa mère et des femmes.

Rien, jusqu'ici, ne laissait transparaître les dispositions idéologiques qui préfiguraient son action politique ultérieure. À part le rejet secret de son passé anglais, je n'avais relevé, du point de vue politique, qu'une attitude critique à l'égard des autorités ottomanes. Dès son premier voyage en Syrie, en effet, il les avait jugées incompétentes, apathiques et corrompues. Jugement sur lequel on est fondé à émettre des réserves : la Syrie, le Liban et la Palestine d'alors étaient notoirement rétifs à la tutelle ottomane, et le voyageur n'a pu manquer d'entendre leurs récriminations à l'égard des Osmanlis ou Atrak. Peut-être s'en fait-il l'écho, consciemment ou inconsciemment ? Il y était d'autant plus disposé qu'une formule en cours dans les milieux européens du temps qualifiait la Sublime Porte d'« homme malade de l'Europe ».

Mais, s'il avait une conscience politique, il faudrait s'étonner de n'en trouver aucune mention dans ses lettres, alors qu'en 1911 avait éclaté la guerre italo-turque et que, l'année suivante, ce fut la série des guerres balkaniques. En fait, il ne semble pas que Thomas Edward ait eu une grande conscience politique du monde.

Il faut convenir qu'à l'époque, les trois grands empires coloniaux, le français, le britannique et l'allemand, n'en savaient pas beaucoup plus sur les Turcs et les Arabes que l'Anglais lambda. Leur unique intérêt se résumait à étendre leur influence et leur domination, autant que faire se peut, sur les vastes territoires sous tutelle ottomane. « Lawrence d'Arabie » n'est pas encore né. À la veille de la Grande Guerre, il n'est qu'un aimable petit jeune homme blond doté d'une ambition encore indéterminée, et qui entretient avec les populations de Mésopotamie des rapports bien plus amicaux que la plupart des Occidentaux.

Mais il est impossible, au terme d'une étude de ses écrits et déclarations, de ne pas conclure que sa vie aventureuse fut avant tout une recherche de lui-même. Je n'en veux qu'un exemple. Dans une lettre à l'écrivain E. M. Forster[1] datée du 17 juin 1925, à propos de ce

1. Edward Morgan Forster, auteur entre autres de *Howard's End*, qui a fait l'objet d'un film avec Anthony Perkins et Emma Thompson.

que l'on dit de lui dans les médias, alors qu'il est devenu célèbre grâce à la propagande effrénée du journaliste américain Lowell Thomas, qu'il qualifie d'« aberrations », il écrit ceci : « Ma famille n'est pas irlandaise de Galway. Nous appartenions à une colonie élisabéthaine, originaire du Leicestershire, établie dans le Meath, sans une goutte de sang irlandais. » Or, le 14 septembre 1932, répondant à une proposition de l'Académie des lettres irlandaise qui lui offrait d'en devenir membre, il écrivit au célèbre poète W. B. Yeats : « Je suis irlandais, c'est une occasion de l'admettre publiquement. »

Sans doute la contradiction tient-elle à sa bâtardise : Sarah Junner, sa mère, était irlandaise. Il ne savait pas s'il était le fils de sa mère ou celui de son père. En tant que bâtard, et sans doute pénétré de l'importance de l'hérédité, il ne savait pas qui il était. Ni même s'il existait. Et l'on retrouvera ce dilemme tout au long de sa vie. Il lui faudrait affirmer son existence. J'oserai dire que mon protégé s'est inventé autant qu'il a été inventé.

En 1911, le monde moderne fit une première intrusion dans le petit univers archéologique de Karkemish.

Depuis 1889, les compagnies allemandes de travaux publics exerçaient un quasi-monopole sur les chemins de fer dans l'Empire ottoman. Elles avaient construit le chemin de fer d'Anatolie, d'Izmir à Ankara ; en 1903, la Bagdadbahn relia Konya à Bagdad en passant par Adana et Alep ; en 1911, elle poursuivait la construction d'une voie qui descendrait jusqu'à Basra, sur le golfe Persique, ainsi qu'un pont sur l'Euphrate. Le tracé en passait par Jerablus, site de Karkemish. Les équipes anglaise et allemande travaillaient donc à brève distance l'une de l'autre, et même si brève que les travaux du chemin de fer menaçaient les fouilles archéologiques. Les Allemands bénéficiaient en effet du droit de prospecter et d'exploiter les ressources minières sur une bande de 20 kilomètres de part et d'autre de la voie, et ils estimaient que les découvertes des Anglais leur revenaient.

D'abord courtois, les rapports des deux équipes finirent par se dégrader. La situation s'envenima en 1912. Les Allemands commençaient alors à s'intéresser aux trouvailles des archéologues anglais. Meissner Pacha, un Allemand auquel on avait conféré le titre de « pacha », directeur du projet de chemin de fer, était collectionneur d'antiquités et faisait dérober des vestiges mis au jour par les Anglais. Ceux-ci lui firent un procès afin de défendre la concession, pour laquelle ils détenaient une autorisation officielle. Lawrence, qui était sur les lieux, s'opposa physiquement à des militaires ottomans, apparemment des membres du mouvement des Jeunes Turcs qui, dans leur volonté de moderniser le pays, s'opposaient aux « recherches de vieilleries ». Lawrence fut arrêté en mars 1912 et jeté en prison, mais rapidement relâché.

De surcroît, les archéologues allemands faisaient également des fouilles dans la région, à Tell Halaf, en Mésopotamie ; ils étaient informés des découvertes britanniques et en étaient jaloux. Le baron Max von Oppenheim, que l'on disait spécialiste de l'islam, quoi que cela veuille dire, alla visiter Karkemish en juillet 1912. En septembre de la même année, les chefs des chantiers anglais durent se défendre, arme au poing, contre des pillards envoyés par les Allemands. Quant aux Ottomans, favorables aux Allemands, ils commencèrent à persécuter les archéologues anglais, et Lawrence en particulier.

En février 1913, le gouvernement britannique fit clandestinement parvenir des armes à son consulat à Beyrouth, ce qui était évidemment illégal puisque la ville était sous tutelle ottomane. Les armes étaient sans doute destinées, en partie, à protéger les sujets anglais dans la région. T. E. participa à leur transfert en Syrie mais, trahi, il fut arrêté à Damas le 28 février 1914.

J'ai trouvé la photocopie d'un document du Foreign Office attestant que T. E. avait été libéré de la prison de Damas sur intervention du consul de Grande-Bretagne.

Ces épisodes de la vie de Lawrence indiquent qu'il glissa, imperceptiblement, du vagabondage et de l'amateurisme culturel à l'action politique clandestine. Il est malaisé de distinguer, dans cette transition, ce qui ressort de la manipulation par les responsables politiques régionaux britanniques et ce qui découle de son ambition personnelle ; sans doute les deux se conjuguèrent-elles. D'une part, les agents britanniques dans la région – et il y en avait – s'étaient certainement dit que ce charmant jeune homme, qui entretenait de si bons rapports avec les populations locales, pourrait leur être utile ; de l'autre, T. E. aspirait à devenir quelqu'un d'autre que ce personnage accessoire qu'il avait été jusqu'alors.

S'il rejetait secrètement son identité anglaise, Lawrence n'en demeurait pas moins Anglais de fait, blond aux yeux bleus et rasé tous les jours. Associée à ses yeux bleus, la blondeur naturelle de Thomas Edward va considérablement servir sa renommée ; il a beau s'habiller en Arabe, il ne possède que quelques rudiments du dialecte local et ses chances d'être pris « pour quelque indigène parlant arabe », comme il le dit, sont dérisoires ; on ne trouve des indigènes blonds que dans une région bien délimitée du nord de la Turquie, l'antique Ionie. Bref, quoi qu'il en ait, c'est un Anglais déguisé. Et, pour sa chance, blond.

Sir Hubert Young, un membre du corps diplomatique qui lui rendit visite à Karkemish en 1912, m'a rapporté que Lawrence avait fait de son camp « un consulat britannique en miniature », et que la façon dont il affirmait son autorité en faisait un représentant officieux du gouvernement britannique. La démonstration en fut donnée quand, au cours d'une promenade en compagnie de Young, il tomba sur un groupe de Kurdes qui pêchaient à la dynamite, ce qui était interdit par la loi ottomane. Lawrence se dirigea alors vers celui qui semblait être le chef des Kurdes, lui déclara que « c'était une honte » et lui donna l'ordre de le suivre au poste de police. L'autre ayant refusé, Lawrence le saisit par le bras pour l'entraîner, mais les autres Kurdes tirèrent leurs couteaux. Sur les instances de Young, Lawrence relâcha le bonhomme, mais il se rendit quand même au poste de police et exigea du policier qu'il intervînt, sans quoi il le ferait déplacer. Young ne m'a pas précisé dans quelle langue ces échanges avaient eu lieu, mais l'incident est révélateur : T. E. faisait usage d'une autorité qui ne lui avait été conférée par personne. Cependant, s'il agit de la sorte, c'est avec le consentement des Britanniques. Car sir Hubert Young ne manqua pas de faire part de ce qu'il avait vu à ses supérieurs, et T. E. ne subit aucune réprimande.

Vers 1914, le petit jeune homme désespéré qui dormait sur un quai de Port-Saïd n'est plus qu'un souvenir.

Le caractère politique des activités du futur Lawrence d'Arabie s'affirme : il est à Alep quand il reçoit un télégramme de Londres lui enjoignant d'aller, avec l'archéologue Leonard Woolley, rejoindre à Beersheba le lieutenant-colonel Stewart Francis Newcombe. Les deux hommes s'exécutent et, lors de leur rencontre avec ce militaire, sont informés qu'ils devront monter une mission archéologique dans le Sinaï, financée par le

Fonds d'exploration de la Palestine, mais qu'en réalité, cette mission servira de couverture à une opération militaire.

La mission se révélera de plus grande ampleur : elle consistera, en effet, à dresser une carte du vaste territoire qui va des frontières de l'Égypte au golfe d'Akaba et à la mer Morte. Car, preuve éloquente de l'ignorance dont souffre l'Occident à l'égard de l'Orient, il n'existe alors pas de carte fiable de cette région. L'entreprise est placée sous l'égide du ministère de la Guerre, avec l'approbation du fameux lord Horatio Kitchener, à l'époque consul général de Grande-Bretagne au Caire, mais en fait haut-commissaire en Méditerranée orientale.

Lawrence a vingt-cinq ans. Il est devenu un agent anglais.

*

La voix de Sybille Bowen m'arracha à ma lecture.

— Il est 18 heures, monsieur.

Et, avant même que je n'acquiesce, elle me reprit le manuscrit.

Qui diable était ce Selim Ahmed ?

8

Anthony Wallace nous servit un second verre de whisky et se réserva une bière. Nous étions toujours sans nouvelle de Meinertzhagen.

— Je lui ai encore laissé un message hier soir, dit Anthony. Je n'ose plus insister.

— À mon avis, il a compris que nous ne venions pas pour lui, mais que c'était Lawrence qui nous intéressait.

— C'est possible, reconnut Anthony. Dans ce cas, il ne nous rappellera plus, et nous ne saurons jamais qui se cache derrière le pseudonyme de Selim Ahmed. Car nous sommes tous d'accord : c'est un pseudonyme.

— Évidemment. Mais, quelle que soit la personne qui se cache derrière, elle ou il devait connaître intimement la vie de Lawrence. Et comment Hogarth a-t-il eu connaissance de ce manuscrit ?

Françoise se prit le visage dans les mains.

— Plus nous avançons, plus ça se complique.

C'est à ce moment précis que quelqu'un sonna à la porte.

Françoise alla ouvrir.

En revenant, elle brandissait un pli.

— Vous ne devinerez jamais qui nous écrit ? Notre cher commandant.

Elle sortit de l'enveloppe deux ou trois feuilles, et une carte de visite.

Désolé de n'avoir pas donné suite à vos appels. Il se fait qu'après votre départ, j'ai dû m'aliter. Une méchante grippe. À mon âge, ce n'est ni plaisant, ni rassurant. Il doit y avoir un protecteur pour les anciens. Je suis pratiquement remis et vous attends le week-end prochain, samedi précisément, à l'heure du thé. Prévenez-moi si ce jour ne vous convient pas. D'ici là, je vous soumets trois lettres que j'ai retrouvées dans mes papiers. C'est ma chère Sybille qui en avait fait copies à la British Library. Elles sont de Lawrence. Deux d'entre elles sont adressées à Vyvyan, la troisième à Charlotte Shaw. Peut-être vous intéresseront-elles.

Richard.

— Décidément, ce monsieur ne cessera de me surprendre, commenta Anthony. Je ne saurais dire pourquoi, mais j'ai de plus en plus de mal à l'imaginer dans le costume d'un meurtrier. Et…

Il fut interrompu par Françoise, qui lisait déjà :

8. XI. 1923

Chère Madame G.B.S.[1],

C'est une lettre merveilleuse que la vôtre, et je l'ai aimée au-delà de toute mesure, bien que mes doutes sur les vertus des Sept Piliers *demeurent. En effet, je serais une créature infréquentable si j'étais convaincu de la qualité de cet ouvrage. Mais l'éloge que vous en faites me donne un peu d'espoir. En même temps, vous savez, c'est plus un « fourre-tout » qu'un livre. Il n'a pas d'unité, il est trop discursif, dispersé, hétérogène. J'y ai rassemblé toutes les bricoles et les bouts d'idées de ces années. Je soupçonne le résultat de n'être qu'un résumé de moi-même, et je veux croire que*

1. George Bernard Shaw.

les gens qui le liront me connaîtront mieux que je ne me connais moi-même.

Depuis 1920, j'ai eu de nouvelles expériences, et c'est en partie cette nouveauté d'aujourd'hui qui fait que Les Sept Piliers *me paraissent si inadaptés à leur thème. Cette dernière aventure dans la RAF est un chapitre en soi. Il serait difficile de rester inhumain parmi une foule d'hommes purs et simples. Il y a quelque chose ici que, dans ma vie d'avant, je n'avais jamais rencontré – dont j'avais à peine rêvé. J'ai expliqué mon action dans une lettre à votre époux, la semaine dernière. Je lui ai dit aussi que j'avais refusé de signer mon contrat avec Jonathan Cape*[1]*, et avec qui que ce soit d'autre. Il n'est pas question de ne publier qu'une partie des* Sept Piliers. *Je tiens à publier l'ensemble, mais c'est aussi improbable que de marcher nu dans Piccadilly.*

J'ai montré votre lettre à ma mère. Elle vous aime, maintenant, parce que vous avez loué mon travail, et les mères ressentent (en privé) une fierté démesurée pour leurs fils. Les horreurs du livre la frappent douloureusement, et elle déteste avoir appris de telles choses. J'ai décrit sa réaction à Meinertzhagen. Il en a ri, pas du tout troublé. Il y a un pouvoir étonnant chez cet homme. C'est très gentil de votre part et de celle G.B.S. de m'offrir votre aide. Ce serait inestimable si je publiais. Néanmoins, je ne suis pas prêt. Ce n'est que la peur de manquer de nourriture qui a failli me faire céder, or ce n'est plus le cas, et dans la R.A.F. nous mangeons plus qu'à notre faim.

Cordialement.

---

1. Célèbre maison d'édition, fondée en 1921.

15.VII. 1918
Le Caire

Eh bien, c'est merveilleux de revoir votre écriture.

Votre lettre m'est parvenue à Aba Lissan, un petit fort sur le plateau d'Arabie S.E. de la mer Morte, et je l'ai emportée avec moi à Akaba, à Jiddah et ensuite ici, au Caire, pour y répondre. J'ai été si violemment déraciné et plongé dans un travail qui me dépasse tellement que tout semble irréel. J'ai abandonné tout ce que j'ai jamais fait, et je ne vis que comme un voleur d'opportunités, saisissant les chances du moment, où et quand je les vois. On vous a probablement dit que mon travail consiste à fomenter une rébellion arabe contre la Turquie, et pour cela je dois essayer de cacher mon apparence occidentale et m'intégrer autant que possible dans le paysage arabe. C'est donc une sorte de scène étrangère sur laquelle on joue jour et nuit, déguisé, dans une langue étrange, avec le glaive de l'échec prêt à vous trancher la tête si le rôle n'est pas bien rempli.

Vous avez bien deviné que l'Arabe faisait appel à mon imagination. C'est la vieille civilisation ancienne, qui s'est retrouvée débarrassée des dieux domestiques et de la moitié des pièges que la nôtre s'empresse d'assumer. Je sais que je leur suis étranger, et je le serai toujours.

Il serait trop long de vous expliquer pourquoi j'essaie de faire sauter des trains et des ponts de chemin de fer au lieu de chercher le puits du bout du monde. Quoi qu'il en soit, ces années de détachement m'ont guéri de tout désir de faire quoi que ce soit pour moi-même. Quand ils dénoueront mes liens, je ne trouverai en moi aucune impulsion à l'action. Bien qu'en réalité, on ne pense jamais à l'après : le temps, depuis le début, est comme l'un de ces rêves dont vous vous réveillez en sursaut pour constater qu'il n'a rien laissé dans votre esprit. La seule chose différente, à propos de ce rêve, est que tant de personnes ne se réveillent plus…

Votre esprit s'est manifestement déplacé loin depuis 1914. C'est un privilège que vous avez gagné en étant tenu à l'écart de la brume pendant si longtemps. Vous trouverez le reste d'entre nous, étudiants de premier cycle âgés, peut-être toujours pas conscients de nos cheveux gris inadaptés. Pour cette raison, je ne peux plus suivre ou retourner au passé. Je pense que l'abstention, et regarder passer les autres, est ce que je choisirais aujourd'hui si j'étais libéré de mes tâches.

Ces mots, paix, silence, repos, prennent une vivacité au milieu du bruit, de l'inquiétude et de la fatigue, comme une fenêtre éclairée dans l'obscurité. Pourtant, quel est le bien d'une fenêtre éclairée ? et peut-être est-ce uniquement parce que l'on est submergé et fatigué. Vous savez, quand on marche à travers une plaine interminable, une colline, et après une chaleur torride, l'eau froide prend une qualité exceptionnelle. Probablement, je ne suis qu'un film sensibilisé, devenu noir ou blanc par les objets projetés sur moi.

Ceci est une lettre idiote et ne représente rien d'autre qu'un appel à un changement supplémentaire ; appel inepte, car je change de domicile tous les jours, de travail tous les deux jours et de langue tous les trois jours, et je reste toujours insatisfait. Je déteste être à l'avant, je n'aime pas la responsabilité et je n'obéis pas aux ordres. Rien de bon pour le moment. Un long silence comme une purge, puis une réflexion et une décision sur les routes futures, voilà ce à quoi il faut s'attendre.

Mon garde du corps de cinquante tribus arabes, des émeutiers choisis parmi les jeunes hommes des déserts, c'est plus splendide qu'un jardin de tulipes, et nous chevauchons comme des fous avec nos Bédouins, sautons sur des Turcs sans méfiance et les détruisons en tas : tout est très sanglant et méchant. J'aime la préparation et le voyage, mais je déteste les combats physiques. Déguisements et exploits fantaisistes font tous partie de la pose. Merci beaucoup d'avoir écrit. Votre lettre a ouvert un vantail très précieux.

— La dernière, nous annonça Françoise, est toujours adressée à Vyvyan :

J'ai réfléchi à votre lettre : ses éloges sont les bienvenus, car mes sentiments envers Les Sept Piliers *sont mitigés. C'est un mauvais livre qui ne me fait aucunement plaisir. Mais je sais aussi que c'est un bon livre : en ce sens qu'il est meilleur que la plupart de ceux qui ont été écrits ces derniers temps, ce qui me rend encore plus triste car il n'est pas aussi bon qu'il aurait dû l'être.*

Si vous creusez derrière ces dernières phrases, vous vous rendrez compte que j'ai une opinion tolérable de moi-même. Les critiques du livre manquent leur but en moi, et la raison pour laquelle le livre n'est pas meilleur, c'est que ma volonté de persévérer a manqué. Je ne sais pas si elle reviendra… Un livre laissé derrière un homme est si vite laissé pour compte ! Il y a un danger où l'on savoure trop de créer ce que l'on a trouvé savoureux chez les autres.

Je conviens que Les Sept Piliers *est un ouvrage trop gros pour moi : trop gros pour la plupart des écrivains, je pense. Il faisait partie de ces livres « Titan » écrits sur la pointe des pieds, avec une tension qui disloque l'écrivain et épuise le lecteur.*

Je viens à Londres samedi prochain (à 2 heures p.m. dans le hall du métro de Charing Cross, probablement). Vos dimanches sont occupés, donc vous ne pourrez probablement pas venir : et peut-être que je ne pourrai pas aller vers vous. Je télégraphierai samedi. Ne prenez pas la peine de répondre en attendant. Après Charing Cross, je continuerai vers Barton st. jusqu'à environ 7 heures du soir. Si vous venez, apportez le livre.

— Quand je vous disais que plus on avance, plus ça se complique ! Pour quelle raison notre commandant nous a envoyé ces lettres ?

— À mon avis, suggéra Anthony, il a voulu rectifier une information : il n'y a pas eu que Hogarth, le major Guy Dawnay et Richard qui ont eu accès à la lecture de la première version du manuscrit de Lawrence. Ces lettres en sont la preuve : il y a eu aussi Charlotte Shaw et Vyvyan. Un autre détail, qui n'est pas sans importance ; dans sa lettre à Vyvyan, on constate que Lawrence, qualifié de *prima donna* par Aldington, semble parfaitement conscient de jouer un rôle, puisqu'il déclare : « Déguisements et exploits fantaisistes font tous partie de la pose. » Et : « C'est donc une sorte de scène étrangère sur laquelle on joue jour et nuit, déguisé, dans une langue étrange, avec le glaive de l'échec prêt à vous trancher la tête si le rôle n'est pas bien rempli. » Il n'est donc pas dupe.

Françoise fit remarquer :

— Ce qui apparaît surtout, c'est que l'homme est un grand dépressif. C'est impressionnant et triste. Nous sommes bien loin du Lawrence d'Arabie de David Lean. Le personnage est d'une effroyable complexité. Et je vous rappelle que nous n'avons toujours aucune trace de l'endroit où se trouverait le fameux manuscrit de Reading, que Meinertzhagen et les autres ont eu entre les mains.

— Une bonne nouvelle, en tout cas, annonça Anthony, j'ai pu joindre Brigit Patmore et elle est disposée à nous recevoir, dimanche prochain.

— Parfait. D'ici là, j'aurai le temps de continuer à lire le mystérieux Selim Ahmed. À ce propos, vous ai-je dit qu'il contredisait les critiques du commandant ? L'architecture normande a bien influencé les châteaux forts de Syrie. Meinertzhagen se plante en disant le contraire.

— C'est possible, ai-je acquiescé. Cet homme n'a aucune connaissance en ce domaine. Sur ce, je retourne à la British Library.

— Un instant, Paul ! Le commandant nous a déclaré que Lawrence était en colère contre le gouvernement britannique, qu'il avait honte du rôle qu'il avait joué dans cette histoire et qu'il estimait avoir trompé les Arabes. L'un de vous pourrait-il m'en expliquer la raison ? J'avoue ma totale ignorance.

J'étais déjà debout, je me suis rassis.

— Connais-tu cette célèbre phrase que l'on attribue, peut-être à tort, à Winston Churchill ? « Si on vous explique le Moyen-Orient et que vous avez compris, c'est que l'on vous a mal expliqué. » Je vais néanmoins essayer.

J'ai pris une inspiration, puis :

— Bien savant serait l'historien qui saurait quand éclata la Grande Guerre, à moins qu'il la restreigne au conflit entre la France, la Russie et la Grande-Bretagne d'une part, la Turquie, l'Allemagne et l'Autriche de l'autre ; dans ce cas, elle aurait commencé le 3 août 1914, jour où l'Allemagne déclara la guerre à la France. À vrai dire, l'Occident entier souffrait depuis plusieurs décennies de crises de fièvre belliqueuse. Ceux qui voulaient civiliser les populations dites « arriérées » leur donnaient plutôt l'exemple de la barbarie furieuse. En ce début de XXe siècle, c'est pratiquement l'ensemble du Moyen-Orient qui est soumis à la tutelle ottomane. La Turquie, à laquelle la Grande-Bretagne fait la guerre, n'est plus « l'homme malade de l'Europe ». À partir de 1913, les « Jeunes Turcs » ont pris le pouvoir et instauré un régime dictatorial, dirigé par le triumvirat Djemal

Pacha, Enver Pacha et Talaat Pacha. Ceux-ci ont réorganisé l'armée sur le modèle allemand et se sont efforcés de moderniser les communications de l'empire, fondées jusque-là sur des caravanes de chameaux, sans se placer entre les mains des conglomérats et des banquiers européens. Cependant, ces nouveaux venus en politique se sont vite comportés comme des apprentis sorciers. Pratiquant un nationalisme fanatique, ils ont contaminé rapidement les populations sur lesquelles ils exerçaient leur pouvoir ; peut-être en ignoraient-ils la diversité ethnique et religieuse : des Kurdes, des Arméniens, des Druzes, des chrétiens d'origines diverses, des Bédouins et surtout des Arabes d'origine, c'est-à-dire les habitants de la péninsule Arabique, eux-mêmes dispersés sur six territoires. Autant dire que, pour les Turcs comme pour les Anglais, ces Arabes sont des habitants de la Lune. Ces millions-là ont contracté rapidement la passion nationaliste, au détriment des Turcs. En 1912, déjà, les Kurdes de la Grande Syrie se sont insurgés. Les Arméniens suivront et ce seront ceux qui le paieront le plus chèrement car ils sont, de surcroît, soupçonnés d'être complices des Russes : plus d'un million de morts, dont des hommes pendus ou sauvagement assassinés, des femmes et des enfants chassés sans vivres sur les grands chemins où les attendait une fin plus lente, mais non moins atroce.

« L'Égypte est donc cernée, et les Anglais frémissent à l'idée que les Turcs attaquent le canal de Suez, cette voie à leurs yeux sacrée puisqu'elle mène à la fameuse route des Indes. Il était donc urgent de déloger les Turcs d'Arabie, mais c'était impossible, les troupes alliées étant occupées sur d'autres fronts, entre autres dans les Dardanelles où les Anglais avaient pris une déculottée… Il fallait trouver une solution de rechange, mais laquelle ?

— Les Arabes ? suggéra Anthony.

— Exact. Mais c'est plus complexe qu'il n'y paraît. Trois personnages dominaient alors la péninsule Arabique. Le premier est Hussein ben Ali, le chérif de La Mecque ; le deuxième, son fils Fayçal et le troisième Ibn Saoud, l'émir du Najd, c'est-à-dire de l'Arabie centrale. Mais limitons-nous aux deux premiers. Apparenté au Prophète, Hussein ben Ali avait alors soixante-cinq ans, dont il avait passé dix-huit en otage à Istanbul, par la volonté du sultan Abdul Hamid qui le considérait comme un vassal. Il devait sa liberté aux « Jeunes Turcs », mouvement nationaliste et réformateur, qui l'avaient renvoyé à La Mecque coiffé du titre d'émir, exigeant de lui la promesse qu'il proclamerait le *djihad*, la guerre sainte contre les « incroyants ».

Avant leur prise de pouvoir officielle, en 1913, ces Jeunes Turcs avaient laissé croire que la reconquête des anciens pays de l'empire, notamment en Asie centrale, désormais sous le joug russe, visait à la création d'une confédération d'États indépendants, unifiés par le Coran et la langue arabe. Puis, il était rapidement apparu que tel n'était pas leur véritable projet : ces jeunes officiers voulaient tout bonnement maintenir le passé ; en bref, garder tout l'Orient sous la botte turque : un mirage de plus, comme ils s'en aviseraient. Les Allemands, conscients de l'agitation qui fermentait dans le monde arabe, parvinrent à convaincre les Jeunes Turcs de l'importance du sentiment religieux dans les pays sous tutelle. Non qu'ils eussent une intuition plus fine ou une meilleure connaissance du terrain que leurs nouveaux alliés, mais les souvenirs fâcheux du *Kulturkampf*, ou « combat pour la civilisation », étaient encore tout frais dans leurs mémoires. En 1871, en effet, le chancelier Bismarck avait gravement divisé la population allemande en donnant ouvertement la préférence aux protestants, et en rejetant les catholiques hors des sphères du pouvoir dans le tout nouveau Reich. Pour lui, les catholiques obéissaient au pape plutôt qu'à l'empereur, et c'étaient donc des traîtres. Or, la religion était une force qu'il convenait, en politique, de ne pas offenser ni négliger. Bien qu'ils ne fussent guère pénétrés de respect pour la tradition islamique, les Jeunes Turcs finirent par se rendre à cette idée et proclamèrent la guerre sainte, ou *djihad*. Dans leur candeur naïve, ils nourrissaient un calcul symétrique de celui des Anglais : inciter à la révolte les soldats musulmans des armées anglaise et française, et même les populations musulmanes des Indes. Les Turcs espéraient ainsi un soulèvement de masse qui affaiblirait l'Empire britannique, voire entraînerait son démembrement. La guerre sainte était donc un outil stratégique ; elle fut proclamée à Constantinople. Et le chérif de La Mecque, Hussein ben Ali, fut prié de la confirmer. Or, c'était pire qu'un faux pas : une bourde.

Le chérif ne se faisait pas d'illusions sur la pseudoferveur religieuse du gouvernement turc ; il voyait trop bien que cette déclaration proposée de *djihad* était motivée par des considérations politiques et de toute façon, pour lui, une guerre sainte devait être défensive et non offensive. Il refusa donc la demande turque. De surcroît, le Hedjaz, la région ouest de la péninsule Arabique, était dans une situation critique : la guerre avait interrompu le flux des pèlerins vers La Mecque. Le ravitaillement du pays par les cargos indiens, tous sous pavillon britannique, allait être suspendu, et le chérif, soumis à la tutelle turque, était officiellement pour les Anglais un sujet ennemi. Or, le Hedjaz ne produisant pratiquement rien en matière de ressources alimentaires, le chérif serait soumis au bon vouloir des Ottomans, qui se vengeraient de son refus de déclarer le *djihad* en l'affamant. La voie ferrée qui desservait les villes saintes serait certainement fermée. Tout aussi ennuyeux, le *djihad* demandé par les Turcs pour des raisons politiques, donc insincères, était également réclamé depuis de longs mois par des musulmans pour des raisons religieuses, donc sincères. Lawrence le rapporte d'ailleurs dans Les Sept Piliers : « En janvier 1915, Yisin, chef des officiers turcs de Mésopotamie, Ali Reza, chef des officiers de Damas, et Abd el-Ghani el-Arissi, représentant les civils syriens, lui avaient adressé une proposition concrète pour déclencher une mutinerie militaire contre les Turcs en Syrie. Les populations opprimées de Mésopotamie et de Syrie faisaient appel à lui en tant que « Père des Arabes », musulman des musulmans, leur plus grand prince, leur plus ancien notable.

Imbroglio infernal : les Turcs avaient besoin de Hussein et Hussein avait besoin des Turcs ; cependant, il ne cédait pas. Avec une dignité qui lui fit honneur, il refusa de participer à un jeu de dupes. Le *djihad* ne serait pas l'enjeu d'un chantage politique. Il fit bien mieux : il s'adressa aux Anglais et leur demanda de ne pas laisser son peuple mourir de faim. Les Turcs l'apprirent et se vengèrent : ils bloquèrent la voie ferrée du Hedjaz, comme Hussein l'avait craint. Mais les Anglais avaient entendu l'appel de Hussein. Au terme d'une entrevue secrète, sur un îlot de la mer Rouge, près de La Mecque, ils lui garantirent qu'ils contrôleraient les côtes du pays afin que les cargos indiens pussent y accoster et le ravitailler en vivres et en armes, et lui promirent aussi de lui envoyer de l'artillerie.

Entretemps, à Londres, Churchill, ministre de la Marine, avait conçu un plan d'actions périphériques qui obligerait les Ottomans à diviser leurs forces. C'était aussi le projet élaboré par le Bureau arabe du Foreign Office. Il consistait à pousser à la révolte les populations arabes assujetties aux Ottomans, afin d'affaiblir l'effort de guerre de ces derniers.

On soumit l'idée à Hussein.

Il n'était pas contre, surtout depuis que son voisin Ibn Séoud s'était servi de la secte des Wahhabites pour galvaniser la conscience islamique. Une secte qui prêchait l'application pure et simple de la loi islamique, la *charia*. Désormais, l'on fouettait les hommes qui arrivaient en retard à la prière ainsi que les femmes qui portaient des soieries, qui ne masquaient pas leur visage et leur corps. Ibn Séoud avait ainsi affermi son pouvoir, usant du Wahhabisme comme d'une arme. Lui aussi représentait une menace pour le chérif.

Hussein accepta donc de soutenir les Alliés et leur déclara que ce serait lui *et lui seul* qui proclamerait le *djihad*. En retour, il exigea la reconnaissance de sa souveraineté sur un royaume ayant pour frontière, à l'est, le golfe Persique ; à l'ouest, la mer Rouge ; les frontières de l'Égypte et la Méditerranée au nord ; les deux vilayets[1] d'Alep et de Mossoul, ainsi que la frontière de la Perse jusqu'au Chatt-el-Arab[2].

J'ai souri malgré moi avant de reprendre mon historique :

— À un certain niveau de pouvoir, les biens terrestres deviennent symboliques. On ne peut exclure qu'avec

1. Province, vaste circonscription administrative de l'Empire ottoman.
2. Le Chatt-el-Arab, ou rivière des Arabes, désigne le fleuve formé par les eaux du Tigre et de l'Euphrate avant de se perdre dans celles du Golfe.

l'âge, le chérif fût devenu plus vulnérable à la folie des grandeurs ; il n'avait plus aucune idée de l'étendue des territoires sur lesquels il souhaitait régner. Au Caire, le haut-commissaire sir Henry McMahon et les autres négociateurs furent estomaqués par les revendications de Hussein, autant que par leur ton quasi comminatoire. Une nuée de télégrammes furent échangés entre Le Caire et Londres pour définir la façon d'y répondre. Finalement, Henry McMahon envoya au chérif une lettre fort diplomatique, satisfaisant à la plupart de ses demandes et ouvrant la voie à des négociations sur d'autres.

« L'affaire était conclue. Les Arabes allaient faire le "sale boulot". Pour s'assurer de la réussite du plan, deux hommes se chargeraient de le mettre en place : notre ami Lawrence et le fils de Hussein ben Ali, le chérif Fayçal, alors âgé de trente-deux ans. Fayçal à propos duquel Lawrence dira : « Fayçal était un esprit brave, faible et ignorant, essayant d'accomplir une tâche pour laquelle seul eût convenu un génie, un prophète ou un grand criminel. Je le servais par pitié, un mobile qui nous dégradait tous les deux. »

« Le 10 juin 1916, le chérif déclara l'indépendance du Hedjaz. C'était un acte de rébellion ouverte contre la Turquie, et l'on peut situer à cette date le début de la Révolte arabe. Les promesses de McMahon et de son successeur Wingate n'avaient pas été tenues et Hussein avait décidé de mener seul la révolte, avec l'aide du Tout-Puissant. Sa décision avait été cependant téméraire : les Turcs avaient dépêché des troupes en Arabie par la voie ferrée Damas-La Mecque. Ils s'étaient installés à Médine et menaçaient d'occuper la ville sainte de La Mecque.

« Ces événements sont rapportés de façon parfois confuse et disparate par les biographes de Lawrence, ainsi que par Lawrence lui-même. Il est deux raisons probables à ce brouillage savant ; la première est de minimiser l'initiative arabe jusqu'à l'intervention des Anglais et à l'entrée en scène de Lawrence.

Françoise semblait toujours aussi perdue.

— Désolée, mais je ne vois toujours pas la raison de la fureur de Lawrence ?

— J'y viens. Alors que se livraient ces batailles pour le moins sanglantes et que les Arabes payaient de leur vie pour chasser les Turcs, deux diplomates, un Français, M. Picot et un Anglais, Mr Sykes, étaient penchés sur une carte de la région. Cette carte, retrouvée dans les archives, montrait leurs projets : au nord d'une ligne presque rectiligne qui va du nord de Haïfa à Kirkouk et passe au sud de Mossoul jusqu'à la frontière de l'Iran, les territoires turcs reviendraient à la France ; au sud, de l'Égypte aux côtes ouest du golfe Persique, tout le reste reviendrait à la Grande-Bretagne. Entre les deux se situait une petite zone qui représentait la Palestine. Les deux diplomates décidèrent qu'elle serait placée sous mandat international, à l'exception des ports de Haïfa et d'Acre que se réservaient les Anglais. Quant à la péninsule Arabique, elle n'intéressait alors ni les Anglais, ni les Français ; pour eux, c'était un *no man's land*. On n'y avait pas encore découvert de pétrole. Aucune des deux puissances coloniales n'avait, semble-t-il, entendu parler de la peau de l'ours, qu'il ne faut pas vendre tant que la bête est vivante. Un fait est clair : les Anglais exerceraient leur protectorat sur tous les territoires voisins de la route des Indes, et les Français auraient la Grande Syrie pour eux, celle-ci comprenant le Liban et une vaste partie de la Palestine. Ils y tenaient, avec une détermination farouche : n'étaient-ils pas les protecteurs désignés des chrétiens de Syrie et du Liban ?

Ils avaient apparemment oublié – ou n'avaient jamais entendu parler – d'un épisode piquant de l'histoire des chrétiens d'Orient ; celui où les Turcs offrirent à Louis XIII d'acheter le mont Liban pour 40 000 livres de l'époque, somme considérable. Alors intervint saint Vincent de Paul, qui rappela au monarque qu'il faudrait entretenir des troupes là-bas, parce que les chrétiens seraient toujours en querelle avec les musulmans. Le conseil ne fut pas perdu : Louis XIII renonça à acheter le Liban.

Françoise s'exclama :

— À quoi tient le monde !

— Un cheveu. Bref, aux termes de leur discussion, c'est l'ensemble du gâteau moyen-oriental que la France et l'Angleterre se répartissaient, faisant fi des promesses faites à Hussein et à son fils. Ces célèbres accords Sykes-Picot pourraient se résumer à une série de brûlots qui, des décennies plus tard, nous ont explosé au visage.

— Lawrence n'était évidemment pas au courant de ces tractations.

J'ai confirmé.

— Mais il finit quand même par en être informé – il est notoire que les agents des services secrets sont bavards – puisqu'il en informa Fayçal à son tour.

— Il aurait donc poursuivi son engagement dans la Révolte arabe en sachant que c'était une cause perdue ?

— Il écrit, dans Les Sept Piliers : « Par vengeance, je me jurai que la Révolte arabe serait le moteur de son propre succès et que je la conduirais si farouchement vers le succès final que l'opportunisme conseillerait aux Puissances de traiter loyalement les revendications morales des Arabes. » D'où son titre posthume de « plus grand cocu de l'Histoire ».

Anthony qui, jusque-là, avait écouté religieusement, souleva un point que je n'avais pas jugé utile de mentionner :

— Le plus grave, dans cette sordide affaire, c'est que ces accords ont laissé une trace indélébile dans la mémoire des Arabes, et qu'ils restent aujourd'hui l'une des inépuisables sources de conflits au Moyen-Orient, pour ne citer que la Palestine et le problème kurde.

J'ai opiné.

— Eh bien, dit Françoise, je comprends mieux la frustration de Lawrence. À sa place, j'aurais mis ma menace à exécution et j'aurais pris les armes contre l'Angleterre.

Anthony qui, manifestement, paraissait bien plus informé sur l'Orient que je ne l'aurais imaginé, leva la main.

— À propos de ce découpage du Moyen et du Proche-Orient, il me revient une anecdote, si tant est que l'on puisse qualifier ainsi le cynisme. À la fin de la guerre, en 1920, Churchill avait envoyé en Mésopotamie une collègue de Lawrence.

— Gertrude Bell.

— Absolument : elle avait eu pour mission de dessiner un nouveau pays qui porterait le nom d'« Irak ». Elle s'était déjà fait son idée de cet État. Il serait à majorité chiite au sud, à minorité sunnite et kurde au centre et au nord. Il était hors de question d'accorder un État séparé aux Kurdes si l'on voulait conserver le contrôle des réserves pétrolières qui sommeillaient dans leurs sous-sols. Tant pis pour les Kurdes ; ils attendraient leur tour. D'ailleurs, ce serait un moindre mal. Ainsi que l'on devait s'y attendre, les Kurdes, furieux, se sont soulevés. Ce fut le branle-bas de combat. Et, comme les Anglais avaient du mal à éteindre l'incendie, Mr Churchill, très agacé, écrivit à Gertrude Bell une lettre dans laquelle il recommandait l'usage du gaz moutarde. Il ajoutait : « Je suis fortement en faveur de l'usage de gaz empoisonné contre des tribus non civilisées[1] (*sic*). »

— J'ai la nausée, murmura Françoise.

Je me suis levé.

— Je file retrouver mon amoureuse, Mrs Sybille Bowen.

---

1. Note adressée au War Office en date du 19 mai 1919. Reproduite *in* Martin Gilbert, *Winston S. Churchill*, Londres, Heinemann, 1976, vol. 4, part 1.

9

Étrangement, Sybille Bowen m'a accueilli avec une grimace qui se voulait sans doute un sourire.

Elle m'a même souhaité une bonne lecture. J'en ai aussitôt profité pour lui demander si elle avait une idée de l'auteur de ce manuscrit, Selim Ahmed. S'il existait d'autres œuvres signées de lui.

Elle a secoué la tête et m'a répondu, navrée : « En tout cas, c'est un Arabe. »

Je m'en doutais.

Je me suis replongé dans ma lecture.

S'il peut mesurer la faible préparation des armées de son pays face aux conflits qui s'annoncent, Thomas Edward Lawrence ne peut, en revanche, que deviner les chausse-trappes qui guettent les Turcs. Ses biographes ont tracé de lui un portrait exagérément louangeur ; à près d'un siècle de distance, on croirait à les lire, surtout Liddell Hart, qu'il a été un génie omniscient, un super Napoléon.

Ses chefs se servent de lui pour recueillir des informations. Ils l'envoient d'abord dans le désert libyque, à l'ouest de l'Égypte, pour savoir où sont détenus les soldats capturés par les tribus des Senoussis. Mission infructueuse, sans quoi les biographes se confondraient en éloges là-dessus. Puis ils l'envoient à Athènes, auprès de la section du Levant de l'Intelligence Service ; on ignore ce qu'il en fut.

Lawrence n'était qu'un fonctionnaire subalterne de l'Intelligence Service lorsque, à la fin de l'année 1915, il demanda à quitter le service pour passer à l'Arab Bureau du Caire. Jusque-là, il ne s'était signalé par aucune action, à l'exception d'une humiliante visite à un général turc que les Anglais avaient cru pouvoir acheter.

Le chérif Hussein attendait toujours l'aide promise par les Anglais, vivres et armes, mais après le débarquement de quelques contingents égyptiens, plus rien. La raison en était simple autant qu'extravagante : le haut-commissaire d'Égypte, partisan de la Révolte arabe et de Hussein, se trouvait en total désaccord avec le général qui commandait l'armée anglaise en Égypte, lequel ne voulait pas en entendre parler et, même, se moquait du haut-commissaire. Pour couronner le tout, le vice-roi des Indes était lui aussi hostile à cette proposition de djihad qui risquait, disait-il, d'enflammer les populations musulmanes de ses territoires. Il obtint son transfert grâce à Gilbert Clayton, commandant du Renseignement civil et militaire en Égypte et ami avéré. Lawrence dit de lui, dans Les Sept Piliers, qu'il appartenait à leur « bande de sauvages » : « *Clayton made the perfect leader for such a band of wild men as we were.* » Certains traducteurs traduisent *wild* par « indisciplinés », mais à mon avis le terme est trop *soft* dans ce contexte.

Je me suis toujours demandé ce que pouvait bien être cette « bande d'hommes sauvages », et qui en étaient les membres. Lawrence ne l'explique pas, et l'on ne peut qu'être pris de perplexité à l'idée d'une bande de dératés qui aurait alors existé à l'intérieur d'un des réseaux névralgiques de l'Empire britannique. Et comment ne pas se dire que le monde l'avait échappé belle ?

Ce transfert devait être réglé à Londres entre le War Office et le Foreign Office ; il prendrait plusieurs jours.

Soudain, quand nul ne s'y attendait plus, Ronald Storrs, secrétaire oriental à la Résidence (c'est ainsi que l'on appelait le siège du haut-commissariat britannique au Caire), reçut un nouveau message d'Abdallah, un autre fils du chérif de La Mecque, lui demandant de venir au Hedjaz pour avoir un entretien avec lui. Abdallah voulait savoir si, oui ou non, l'Angleterre entendait donner suite à ses promesses. Lawrence vit, dans cet appel, la chance de sa vie. Il supplia le secrétaire oriental de ne pas opposer un refus à cette proposition et de l'emmener.

« Je ne demande pas mieux, lui répondit Storrs. Mais vos chefs consentiront-ils à vous laisser partir ?

— Fiez-vous à moi », répondit Lawrence.

T. E. multiplie les démarches, fait battre le rappel de ses amis de Londres et se rend plus antipathique que jamais, si bien que les autorités du Caire ne lui accordent pas seulement le congé qu'il désire : elles le voient s'éloigner avec un soupir de soulagement. Il faut dire que son arrivée à l'Arab Bureau avait soulevé bien des commentaires, et pas des plus bienveillants. On attendait un gaillard superbe, c'est un homme de petite taille qui apparaît, dans un uniforme si minable qu'il semble venir de chez un fripier. Il a vingt-six ans mais il en paraît à peine dix-huit. Il n'a aucune allure. Beaucoup plus grave : il ne joue ni au cricket, ni au football !

Son chef, le colonel Dawson, écrit : « Je vis apparaître à la porte de mon bureau un petit freluquet incroyablement fagoté, qui dansa plus qu'il ne marcha pour entrer dans la pièce et qui m'expliqua ce qu'il venait faire, d'un air à la fois goguenard et embarrassé. Les officiers du Service se demandaient, ahuris, si ce clown était naturellement grotesque ou s'il le faisait exprès. »

Outtre qu'il n'avait pas fait d'études militaires, qu'il négligeait sa tenue, gardait ses cheveux trop longs et n'observait pas le style de rigueur dans ses rapports, il se montrait passablement impertinent avec ses collègues et même ses supérieurs. Assistant un jour à une discussion entre deux généraux sur les mouvements des troupes turques, il s'est écrié : « Quelle sottise ! Les Turcs ne pourraient pas couvrir ces distances même s'ils avaient deux fois plus de temps. Les routes sont mauvaises et les moyens de transport, nuls. De plus, leur commandant est un paresseux. » Lawrence parsème en effet ses rapports de commentaires personnels qui frisent le ragot. Guindés comme l'étaient alors les militaires au service de Sa Majesté, collègues et supérieurs haussaient les sourcils quand ils lisaient des notes telles que celle-ci : « Le général Abd el-Mahmoud, commandant de la première division, est à demi albanais de naissance et poitrinaire. C'est un bon spécialiste de l'artillerie, mais aussi une belle fripouille qui accepte des pots-de-vin. »

Il déconcertait aussi les mêmes collègues par des sorties érudites auxquelles ils ne comprenaient pas grand-chose, autant que par des intuitions dont la justesse les trouble. Un Arabe – c'est le nom que l'on donne alors à tous ceux qui sont basanés, ne parlent pas anglais et ne sont pas habillés de manière réglementaire – demande un jour à le voir ; il a des informations à lui vendre. « Un Bédouin bon teint veut vous parler », lui annonce un collègue. Lawrence jette un coup d'œil au visiteur par la porte entrebâillée et riposte : « Ce n'est pas un Bédouin, c'est un fermier syrien, il est protégé par les Beni Sakhr. » Or, c'était exact.

En vérité, Thomas Edward ne correspondra jamais à la mentalité de l'establishment militaire britannique.

Il faut se représenter la vie de T. E. Lawrence au Caire, entre la caserne rose de l'Ezbékieh et les clubs, Turf Club ou Gezireh Sporting, où les officiers vont jouer aux cartes ou bien danser avec des dames de l'aristocratie locale, des Grecques, des Italiennes, des Arméniennes voire des Turques émancipées, au son de petits orchestres locaux, en faisant étalage des manières de la gentry. Il était au supplice. Point de feux de camp nocturnes où l'on sirote un thé chaud en compagnie de Bédouins, point d'Euphrate où aller nager, point de Dahoum.

En avril 1916, il se laisse ainsi séduire par une mission où il espère faire valoir sa connaissance du terrain et des hommes.

Précisons qu'il ne pouvait tomber plus mal que dans l'Égypte sous tutelle anglaise. Un désordre que l'on peine à imaginer dans la glorieuse armée de Sa Gracieuse Majesté régnait alors dans les forces britanniques : il y avait, au Caire, pas moins de trois états-majors au grand complet, dont aucun ne connaissait exactement ses attributions. C'est ce que l'on appelle une armée mexicaine. Un détail peut suffire à se faire une idée de la situation : les généraux assignés à la Mésopotamie dépendaient du haut commandement de l'armée des Indes ! Généralissime des armées, lord Kitchener ne savait où donner de la tête, et le pléthorique establishment militaire faisait penser à une bande d'écoliers que l'on aurait tirés du lit à l'aube pour leur ordonner d'aller conquérir la tour de Babel avec des sarbacanes et des frondes.

Un soir, cachés derrière un paravent de la salle à manger du Savoy Hotel, rue Kasr-el-Nil, Lawrence et l'un de ses compagnons s'amusent à compter les généraux qui viennent de se réunir pour délibérer. Le compagnon en compte soixante-quatre, T. E., soixante-cinq !

Le 12 octobre 1916, Storrs et lui se mettent en route. Ils étaient accompagnés (j'ignore pour quelle raison) par un officier égyptien d'origine irakienne, le général Aziz el-Masri. Curieux personnage, né au Caire, ex-colonel dans l'armée turque.

Lawrence m'a rapporté que sur le *Lama*, le croiseur qui les emmenait à Djeddah, Storrs avait tenu à parler à l'Égyptien de... Debussy et Wagner ! Le premier venu se serait avisé qu'El-Masri ne connaissait probablement aucun de ces compositeurs et s'en fichait totalement. Avec son ironie habituelle, il m'a aussi décrit la tunique et les pantalons de Storrs, « aux fesses rayées de bandes rouges », alors qu'ils s'apprêtaient à rencontrer Abdallah. L'explication de ces « bandes rouges » était que les lanières de cuir des sièges du *Lama* avaient déteint dessus. C'était plutôt risible : l'émissaire de l'Empire britannique allait se présenter à l'un des chefs d'un peuple en colère avec les fesses rayées de rouge ! Mais peut-être ce détail révèle-t-il surtout l'irrévérence de Lawrence à l'égard des hauts fonctionnaires de l'empire.

Il m'a dit aussi qu'après avoir rencontré les trois fils du chérif, il avait trouvé Abdallah trop malin ; Ali trop propre et Zeyd trop froid. C'est-à-dire qu'il ne jugeait aucun des trois apte à prendre la tête de la Révolte arabe.

Une fois accueillis par le consul britannique et les fonctionnaires assignés à la représentation de l'empire dans le nouvel État du Hedjaz, Storrs et lui rencontrèrent donc Abdallah, monté sur une jument blanche et escorté d'esclaves. Bien que d'excellente humeur en raison d'une petite victoire qu'il venait de remporter sur les Turcs, Abdallah se lança bientôt dans une série de récriminations : les Anglais avaient négligé de couper la voie ferrée du Hedjaz, ce qui avait permis aux Turcs de renforcer leurs positions à Médine, et ils ne ravitaillaient pas les Arabes dans les collines alors que ces derniers avaient besoin de vivres, d'artillerie et de mitrailleuses.

À tout cela s'ajoutaient deux points litigieux : Abdallah voulait absolument défendre le port de Rabigh sur la mer Rouge, point d'approvisionnement en eau, mais il était hors de question que des militaires étrangers et, plus encore, des infidèles mettent le pied sur le territoire sacré qu'était le Hedjaz. La pelote semblait impossible à démêler.

Suivit un autre épisode plutôt grotesque : le lendemain, invité à un banquet au consulat britannique, Abdallah arriva avec ce qu'il appelait son orchestre – un orchestre militaire, bien sûr – et le fit installer dans la cour. Pendant le dîner, tambours et trompettes se déchaînèrent dans une cacophonie assourdissante de musique turque, évidemment apprise au temps où le pays était sous tutelle ottomane. Quand Aziz el-Masri sortit au balcon pour leur demander de jouer une musique étrangère, l'orchestre exécuta le « Deutschland über alles », l'hymne national allemand !

C'était piquant, cet hymne dans un consulat britannique, en pleine guerre.

Lorsque Lawrence rappelle cette rencontre avec Abdallah, il écrit : « Ma première impression d'Abdallah avait été favorable, mais je dus déchanter par la suite. Ses malaises constants m'avaient d'abord apitoyé ; je les jugeai plutôt dignes de mépris quand je vis derrière eux la paresse d'un jouisseur qui dépense un excès de loisir à soigner sa petite personne. Ses accès plaisants de despotisme révélaient la tyrannie d'un faible qui déguise en lubies des actes arbitraires. Sa bienveillance devint caprice ; sa bonne humeur, sensualité. Un certain levain d'hypocrisie semblait le gonfler tout entier. Même sa simplicité se révélait fausse, à l'usage… Ses discours laissaient entrevoir souvent une trame d'idées subtiles et fortes, mais son indolence venait tout gâcher. Les toiles qu'il tissait s'effilochaient toujours, faute d'être menées à leur terme… Du coin de son œil paterne, il observait nos réactions à des questions apparemment innocentes, et attribuait ensuite une signification subtile à la moindre des hésitations ou à la plus honnête des erreurs. »

Pour Lawrence, il n'est pas l'homme de la situation. Il songe à un autre, le fils d'Abdallah, Fayçal, et il va tout faire pour le rencontrer… tant et si bien que rendez-vous fut fixé quelques jours plus tard à Wadi Safra, et qu'il prit aussitôt la route en compagnie d'un guide qu'Abdallah lui avait attribué, un certain Tafas el-Rachid.

La maison où se trouvait l'émir était sur les collines au-dessus de Médine. Lawrence écrit : « Là, nos chameaux s'agenouillèrent devant la grille d'une maison longue et basse. Tafas, mon guide, dit quelques mots à un esclave qui gardait la porte, un sabre damasquiné d'argent à la main. Puis il me conduisit dans une cour intérieure.

« J'aperçus alors, dans l'encadrement noir d'une porte, un personnage vêtu de blanc qui me regardait avec attention. C'était, je le compris au premier coup d'œil, l'homme que je cherchais en Arabie – le chef qui dresserait la Révolte arabe en pleine gloire. Dans ses longues robes de soie blanche avec, sur la tête, un voile brun retenu par une cordelette de pourpre et d'or, Fayçal était semblable à une colonne très haute et très mince. Il gardait les paupières baissées ; sa barbe noire et son visage sans expression surmontaient comme une sorte de masque l'étrange vigilance immobile de son corps. Ses mains étaient croisées devant lui sur son poignard.

« Je le saluai. Il s'effaça pour me faire entrer dans la pièce et s'assit sur un tapis près de la porte. Mes yeux, s'accoutumant à l'ombre, distinguèrent peu à peu dans cette petite salle les silhouettes de nombreux personnages silencieux qui me dévisageaient et portaient ensuite leur regard sur Fayçal. Lui contemplait toujours ses mains qui, d'un mouvement lent, s'entrelaçaient sur le pommeau de sa dague. À la fin, il me demanda à voix basse comment j'avais supporté le voyage. Je parlai de la chaleur, et il demanda depuis combien de temps nous étions partis de Rabigh, ajoutant que j'avais marché incroyablement vite pour la saison.

Il me demanda :

— Wadi Safra vous plaît-elle ?

— Beaucoup, mais c'est loin de Damas. »

Ce qui sous-entendait peut-être : « Il y a encore bien du chemin à faire avant d'atteindre Damas. » Car le but de Lawrence est de faire couronner Fayçal roi de Syrie. Et, toujours selon ses écrits, « les assistants se figèrent. Certains, peut-être, rêvaient du succès lointain ; d'autres avaient pu croire que c'était une remarque sur leur récente défaite. Fayçal enfin leva les yeux, me sourit et dit : "Dieu soit loué, il y a des Turcs plus près de nous que cela." Nous sourîmes tous avec lui ; je me levai et m'excusai pour le moment ».

La perplexité reparaît : l'échange s'est-il réellement limité à ces quelques mots ? Une discussion sur la situation ne s'imposait-elle pas lors de cette première rencontre ? Lawrence n'est-il allé à Wadi Safra que dans le but d'apercevoir l'homme qui était son héros ? Mystère. Tout n'est que mystère, chez cet homme.

Une singularité de l'aventure de Thomas Edward Lawrence dans le monde arabe, au début du XXe siècle, est qu'il s'y décrit comme ayant joué un rôle progressivement important, alors qu'il n'était en réalité investi d'aucun pouvoir : le seul titre dont il pouvait se prévaloir auprès des chefs arabes, par exemple Fayçal, était celui d'observateur.

Or, ni lui, ni ses interlocuteurs arabes n'ignorent que les sentiments des divers hauts-commissariats britanniques, à l'égard de la Révolte arabe, sont pour le moins mitigés. Le gouvernement des Indes, en particulier, on l'a vu, reste plus que réservé à l'égard d'une flambée de nationalisme qui, plus qu'arabe, serait essentiellement religieuse. La tolérance des Arabes à l'égard de Lawrence est d'ailleurs toute relative, et c'est la raison pour laquelle il s'habille désormais comme eux, Fayçal lui ayant fait observer que son uniforme risquait de le faire passer pour un Turc. Et, alors que l'on ne compte plus les photos qui le représentent portant la tenue arabe, robe, manteau et tête ceinte du keffieh, il me dira et dira – dans une lettre à l'essayiste et romancier E. M. Forster –, non sans effronterie : « Je ne me suis jamais déguisé en Arabe. »

À propos de déguisement, il m'a raconté un jour comment lui et Farradj, son « ami de cœur », procéderont à une reconnaissance du bourg d'Atatir, en Jordanie. Il y avait là des gitans. Lawrence et Farradj engagèrent à leur service trois de leurs femmes et s'habillèrent comme elles. Je confesse que la vision de Lawrence déguisé en gitane, en Jordanie, fût-ce à des fins militaires, me valut un moment d'hilarité. Mais cette visite faillit prendre une tournure inattendue : par leur tenue, Lawrence et Farradj avaient émoustillé des soldats turcs qui faisaient des rondes dans le coin. Pour échapper à leurs avances et sans doute à la surprise des Turcs, ils furent obligés de remonter leurs jupons et de prendre leurs jambes à leur cou. Cette aventure a persuadé Lawrence que, dorénavant, il porterait l'uniforme britannique lorsqu'il serait amené à visiter des quartiers ennemis. J'oublie de préciser que le dénommé Farradj avait un garçon, Daoud, pour amoureux, que Lawrence décrit ainsi : « Une magnifique créature, à la charpente fine, à l'air de jeune fille, avec un visage lisse et innocent, et des yeux noyés. »

Je me suis fait cette réflexion : « Quelle sorte d'homme décrirait ainsi un garçon ? »

Mais l'heure est au réalisme : en cette fin de l'année 1916, la situation des forces du Hedjaz ne s'est toujours pas améliorée. Leurs premières attaques contre les Turcs retranchés à Médine ont échoué. Les forces égyptiennes que les Anglais ont consenties à Fayçal ne sont pas d'un grand secours et, de surcroît, l'armement des Arabes est dérisoire : de vieux canons Krupp et des fusils japonais si défectueux qu'ils explosent aux premiers tirs.

Fayçal est découragé car il perd de plus en plus d'hommes. La stratégie et les tactiques de celui que Lawrence a décrit comme « le chef qui mènerait la Révolte arabe à la pleine gloire » ne sont pas efficaces. Néanmoins, Lawrence lui attribue des qualités exceptionnelles ; ce serait « un diplomate consommé » qui aurait appris la tactique lorsqu'il avait fait son service militaire dans l'armée turque. Lawrence lui décerne aussi « la maîtrise du tact » et lui attribue le pouvoir de « commander à son gré les sentiments de ses hommes ». On pourrait discuter point par point pareilles assertions : qui donc, par exemple, a jamais appris la tactique au service militaire ? Ce serait inutile : il est évident que Lawrence est décidé à présenter Fayçal comme un personnage prédestiné, quasi divin.

Cette situation va évoluer.

Lawrence décide de rentrer au Caire faire un rapport. Effectivement, à quoi aura abouti sa rencontre avec Fayçal ? Tout au plus à l'informer de la situation.

Il doit s'embarquer au port de Yambo. Là, se déroule un épisode représentant un embrouillamini phénoménal.

Début décembre, trois bataillons turcs, comptant six cents chameaux et forts de trois canons, attaquèrent Fayçal et le forcèrent à se replier sur Yambo. Ils avaient coupé la route entre ce port et celui de Rabegh.

Lawrence débarqua à Yambo pendant cette crise.

Entretemps, le chérif Hussein avait rencontré l'Anglais Wilson et le Français Brémond pour leur demander d'envoyer six bataillons à Rabegh, acceptant cette fois des chrétiens s'il n'y avait pas de musulmans disponibles. Wilson et Brémond furent d'accord. Si les Alliés tenaient Rabegh, ils empêcheraient les Turcs de s'en servir comme base pour attaquer La Mecque. Mais, le lendemain, le chérif annulait sa requête sans que l'on sût pourquoi : peut-être appréhendait-il l'arrivée de militaires chrétiens dans la ville sainte ? Les Anglais lui avaient bien promis, par la voix de leur haut-commissaire en Égypte, sir Henry McMahon, de protéger les territoires qu'ils conquerraient, mais à la condition qu'il s'engage activement contre les Ottomans. Cependant, McMahon avait quitté son poste à la suite d'intrigues et de son attitude proarabe, et avait été remplacé par sir Reginald Wingate. Celui-ci envoya un télégramme au chérif pour lui demander de prendre une décision claire sur l'envoi de troupes britanniques. La réponse du chérif fut obscure : les Anglais la prirent pour un oui ; il fut donc décidé que les troupes partiraient le 9 janvier. Or, elles ne partirent jamais. Incidemment, ces dates ne sont pas citées par Lawrence, qui ne s'embarrasse pas souvent de pareilles précisions : c'est Liddell Hart, l'un de ses premiers biographes à peu près fiables, avec Robert Graves, qui les donne. Le 11 janvier, voilà que le chérif télégraphie qu'il n'a plus besoin de troupes britanniques. Bref, une chatte n'y aurait pas retrouvé ses petits.

Au Caire, début décembre 1916, Lawrence rédige un rapport dans lequel il se déclare favorable à l'envoi de mitrailleuses légères et d'artillerie, mais indique qu'il est formellement opposé à l'envoi de troupes, car les Arabes, écrit-il, sont tout à fait capables de tenir tête aux Turcs et de les vaincre, et l'infanterie anglaise ne serait pas en mesure de se battre dans un milieu aussi difficile que celui de l'Arabie.

Il avait jusqu'alors tenu les Arabes pour militairement nuls. Étaient-ce vraiment des considérations militaires qui inspiraient son revirement et cette position tranchée ? Rien n'est moins sûr : les Arabes avaient subi plusieurs revers dans les semaines précédentes et ils en subiraient d'autres pendant tout le mois de décembre ; l'assurance de Lawrence selon laquelle ils pouvaient résister aux Turcs ne reposait sur rien d'autre que sur ses propres idées. « Il rêvait de voir les Arabes conquérir leur indépendance par leurs propres moyens », écrit Liddell Hart, qui semble avoir pris son parti de la totale allégeance idéologique d'un agent anglais aux Arabes. Les forces de Fayçal sont le plus souvent inefficaces mais, miracle, le rapport de Lawrence change entièrement son statut auprès des militaires anglais, qui n'éprouvaient aucune envie d'aller se battre dans le désert ni d'y envoyer leurs hommes.

« L'état-major fit volte-face et me déclara soudain le plus sympathique garçon du monde », écrit Lawrence. Même le Français Brémond se montre désormais aimable à son égard.

Clayton, qui rappelons-le, est en charge du Renseignement civil et militaire en Égypte, décide alors que Fayçal doit être conseillé par Lawrence et l'envoie au Hedjaz. Aux côtés de Fayçal, il assiste ou participe à des péripéties rocambolesques, comme il en abonde dans son livre. Lors d'une escarmouche avec les Turcs, près du village de Nakhl Moubarak, Fayçal avait vu les membres d'une tribu alliée, les Jouheinas, décamper vers les collines. Quand il interrogea leur chef Abd el-Kerim, après la bataille, sur ce qui ressemblait fort à une défection, celui-ci répondit : « Ce n'était que pour nous préparer une tasse de café. »

On croit rêver, mais c'est bien ce qu'a écrit Lawrence et ce qu'il m'a confirmé de vive voix. On a cité son sens de l'ironie, mais s'avise-t-il que là, il discrédite ces Arabes dont il se présente comme le héraut ? En tout cas, ce fut la pause-café la plus malencontreuse de l'histoire de l'Orient moderne.

D'autres péripéties laissent perplexe. Ainsi, après la même escarmouche, un membre de la même tribu des Jouheinas, Dakhil Allah, lui révèle qu'il avait pendant la nuit conduit les Turcs au port de Yambo, afin qu'ils exterminent l'armée de Fayçal une fois pour toutes. Mais, poursuit-il, écrasés par le silence de la nuit, effrayés par les lumières des navires dans le port, le cœur leur fit défaut et ils rebroussèrent chemin.

C'est l'un des épisodes les plus ahurissants des Sept Piliers. D'abord, il présente l'une des tribus combattant sous le commandement de Fayçal comme coupable de trahison ouverte ; ensuite, il dépeint les Turcs comme des mauviettes qu'épouvante le silence de la nuit.

Les pages que voici ne constituent pas un travail d'exégèse, mais il semble significatif que certaines versions et traductions aient visé à en atténuer l'absurdité. Liddell

Hart, par exemple, en offre la version suivante: « Plus tard, nous sûmes que les Turcs n'avaient pas osé s'avancer dans ce silence écrasant... » Et, après avoir écouté la confession du traître Dakhil Allah, Lawrence va coucher sur le navire britannique *Suva* pour goûter enfin une bonne nuit de sommeil, dit-il. Il écrit alors: « Je crois que, cette nuit-là, les Turcs ont perdu la guerre. »

Son sentiment était prématuré: les Turcs n'avaient pas encore perdu la guerre; leurs forces continuaient de menacer La Mecque et la prise de Médine, que réclamait sans cesse l'état-major anglais, était toujours vouée à l'échec. Si les troupes de Fayçal ne parvenaient pas à s'en emparer, la Révolte arabe perdrait tout crédit dans l'esprit des généraux britanniques. Et pourtant, la conquête de la ville sainte semblait impossible...

C'est sans doute à ce moment-là que Lawrence comprit que les généraux anglais se trompaient. Un mot surgit à sa pensée: Akaba! C'est à Akaba qu'est la clef qui ouvrira les portes du Hedjaz. Lawrence avait exploré ce port lorsqu'il était chargé de cartographier cette région à peu près inconnue des états-majors occidentaux. Situé au fond du golfe du même nom, c'est le poste turc le plus proche de Suez; il présente donc un intérêt stratégique pour les Anglais. Le colonel Édouard Brémond, chef de la mission militaire française au Hedjaz, voulait que des forces anglo-françaises, ou tout simplement françaises, chapeautent l'offensive arabe contre ce port, mais Lawrence s'y était opposé. Il pensait que les Européens ne manqueraient pas de s'attribuer le mérite de l'opération dans le cas où elle réussirait, et il craignait que la présence de chrétiens dans cette force d'assaut n'exaspère les Arabes. Et puis, et c'était la raison principale, il avait en tête d'emmener les Arabes à Damas après Akaba, sans que les Européens puissent revendiquer aucune part de la victoire. Ainsi les Arabes pourraient-ils remporter le droit de déclarer leur domination sur la Syrie.

Or, Akaba, comme la plupart des ports, est surtout fortifiée du côté de la mer. Quant à prendre la ville par la terre avec des unités d'infanterie classique, il ne faut pas y songer : ces unités auraient péri de soif avant d'avoir traversé le Sinaï. En revanche, s'emparer de la ville par surprise, avec un commando léger de cavaliers bédouins, apparaît comme la seule solution possible. Lawrence a appris à connaître leur efficacité et leur faculté à se mouvoir. Reste à convaincre ses supérieurs. Il y parvient.

Le raid réussit au-delà de toute espérance. Dans la lumière aveuglante de l'après-midi, Lawrence débouche, à l'aube du 5 juillet, sur les crêtes dominant la rade, à la tête d'un groupe de deux mille hommes. Les trois cents soldats turcs qui tenaient la citadelle et le port, abasourdis de les voir dévaler en trombe du côté où ils ne les attendaient pas, n'opposèrent qu'une faible résistance et se rendirent le lendemain.

Cette attaque donne à Lawrence l'occasion d'une description morbide des soldats turcs abattus, qu'il décide d'aligner un par un sur le sol, bien qu'à bout de forces. « Les morts, dit-il, étaient magnifiquement beaux. La lueur nocturne scintillait doucement, les changeant en ivoire neuf. Les Turcs avaient la peau blanche sur leurs parties couvertes, beaucoup plus blanche que celle des Arabes, et la plupart de ces soldats avaient été très jeunes. Près d'eux frémissaient les armoises, maintenant couvertes de rosée, où les rayons de la lune brillaient comme des embruns… »

On conviendra que cette déploration au lyrisme funèbre n'est vraiment pas celle que l'on attendrait d'un chef de guerre. Lawrence ne peut s'empêcher d'admirer le corps masculin, même s'il s'agit d'un cadavre.

Sans perdre un instant, il rassemble huit hommes, les fait monter sur les meilleures bêtes qu'il peut trouver et, fonçant à travers le Sinaï, traverse en quarante-neuf heures les 250 kilomètres de désert qui le séparaient du Caire, afin d'y apporter la nouvelle de sa victoire.

Quand il arrive à l'avant-poste de Shatt-el-Arab, sur la rive asiatique du canal, il le trouve déserté à cause d'une épidémie de peste. Il repère un téléphone dans les bureaux abandonnés et appelle le quartier général pour annoncer qu'il veut rejoindre la ville ; les préposés lui répondent que ce n'est pas leur affaire et lui raccrochent au nez. Il appelle la direction du trafic, qui lui répond qu'elle n'a pas de bateau disponible pour le moment et qu'elle lui en enverra un le lendemain pour le confier au département de la quarantaine ; et son correspondant raccroche. Il s'obstine et appelle le Bureau des Embarquements ; pour sa chance, il tombe sur quelqu'un qui le connaît, un certain Lyttleton, qui lui annonce qu'il lui enverra sa vedette personnelle et le prie de ne rien dire de cette infraction au règlement. Peu après, le voici à Suez où il avale six boissons glacées à la file, prend son premier bain chaud à l'hôtel Sinaï et passe sa première nuit dans un lit depuis quatre mois. Plus question de quarantaine. Et les hommes qui l'accompagnaient ? Il enverra, demain, un bateau pour les ravitailler.

On en frémit rétrospectivement : si Lawrence n'avait pas eu la chance de tomber sur une connaissance à l'autre bout du fil, il serait resté isolé, sans rien à manger ni à boire, dans un camp ravagé par la peste.

Puis il se dispose à aller au Caire. Sur le quai de la gare, il voit débarquer des officiers supérieurs britanniques ;

l'un d'eux, Burmeister, dont il n'a jamais été question jusqu'alors, le reconnaît, même très amaigri – il ne pèse plus que 42 kg –, dans son costume arabe ; car, ne l'oublions pas, Lawrence reste un agent de l'Intelligence Service. Burmeister apprend ainsi la prise d'Akaba, dont les Anglais n'étaient pas informés, et se prépare à l'annoncer au général Allenby, désormais général en chef des armées britanniques d'Orient.

Incidemment, on observe que l'information, du côté britannique, n'est pas très efficace. Mais il est vrai qu'Allenby vient tout juste d'être nommé, et qu'il a d'autres chats à fouetter que la prise d'un port de pêcheurs de perles au fond d'un golfe.

Lawrence arrive au Caire, centre du pouvoir britannique en Orient ; il se décrit lui-même, toujours habillé en Arabe et pieds nus, claquant des sandales dans les couloirs du Savoy Hotel où résident les généraux. Lorsqu'ils apprennent de sa bouche comment il s'était emparé d'Akaba, ils demeurent sans voix.

Reste un épisode mystérieux de cette première manche. Sur le chemin d'Akaba, Lawrence et ses troupes étaient parvenus sur le territoire des tribus Howeitat, au nord-est, placé sous l'autorité de l'émir Nouri el-Shaalan. Pour bien le disposer à son égard et dans l'espoir qu'il autorisât une levée de troupes, Lawrence lui fit remettre, par Auda abou Tayyi, six sacs d'or de 1 000 livres chacun. L'émir leur réserva une réception fastueuse, puis Lawrence et ses troupes reprirent la route vers Akaba. Ils arrivèrent à An Nabk, dans le sud de la Syrie, et là, Lawrence disparut du 3 au 16 juin. « Dans cette étonnante randonnée, écrit Liddell Hart, personne ne l'accompagna. Il fut seulement escorté par des guides jusqu'à l'est du djebel Druze, puis tourna au nord-ouest vers une source qui jaillit entre Tadmor, l'antique

Palmyre, et Damas. » C'est-à-dire qu'il était entré seul en territoire syrien. Que fit-il, pendant ces treize jours ? Aucun document ne le précise. Peut-être s'était-il aventuré en Syrie dans une opération de reconnaissance. Ou peut-être, aussi, avait-il été tenté de faire croire aux Turcs que les Arabes s'apprêtaient à attaquer Damas de façon imminente, afin qu'ils concentrent leurs troupes sur la région et lui laissent les mains libres à Akaba.

Liddell Hart raconte encore que Lawrence rencontra Ali Reza Pacha, le commandant de la place turque de Damas, dans les environs de cette ville, et qu'il le pria de ne pas donner l'alerte. Or, il paraît fort douteux qu'un responsable militaire turc, même s'il s'apprêtait à déserter son camp, se soit trouvé en présence d'un Anglais et, plus encore, de l'homme qui passait pour diriger la Révolte arabe, sans s'emparer de lui.

En ce qui concerne les soldes des combattants, leur paiement avait été remis au jour où ils seraient à Damas, il le dit lui-même : « Les soldats n'ont reçu que des billets à ordre, parce que leurs chemises n'avaient pas de poches et qu'ils ne pouvaient pas enfouir dans le sable les pièces d'or qu'on leur aurait données. »

C'est au Savoy Hotel que, le 10 ou le 11 juillet 1917 – la date n'a pas été établie –, le destin de T. E. bifurqua. Il fut convoqué par le général Allenby. Les entrevues historiques décisives ne revêtent pas toujours la solennité pompeuse que se plaisent à représenter les peintres d'histoire et certains cinéastes. On ne peut oublier, par exemple, celle de Hitler et de Mussolini à Rome, en 1927, d'où le Duce sortit excédé et clama : « Un piqué doublé d'un raseur ! »

Derrière son bureau, un géant rubicond, comme l'étaient les Anglais des colonies du temps où le soleil ne se couchait jamais sur l'empire, et en face de lui, un blondinet maigrichon en tenue d'Arabe, robe de soie et keffieh sur le crâne, pieds nus. Le blondinet expose son plan pour soulever les habitants de la Syrie orientale et demande, pour cela, la somme considérable de 200 000 livres sterling. Pendant ce temps, l'autre le regarde par en dessous, essayant de distinguer dans son interlocuteur la part du combattant et celle du charlatan – ce terme est de Lawrence – et met fin à l'entretien sur ces mots : « Je ferai ce que je peux. »

Il le fit, en effet. Dans l'un de ses rapports, Lawrence avait insisté sur l'importance des tribus de la Syrie orientale pour les communications de Jérusalem. Il était essentiel, pour Allenby, d'isoler Jérusalem dans sa campagne pour l'occupation de la Syrie, qui comprenait alors la Palestine.

Mais, à partir de ce moment, Lawrence n'était plus le seul maître des opérations ; et, comme on le verra, il ne disposerait plus de l'atout majeur qu'était la mobilité des Bédouins dans le désert. En effet, les zones côtières de la Méditerranée ne se prêtaient pas aux raids et au harcèlement que les dunes rendaient possibles ; elles étaient parsemées de villes, Damas, Homs, Hama, Alep, Beyrouth et autres, elles étaient entourées de cultures et se trouvaient en montagne.

Allenby définit les zones d'action de Lawrence ; ce seront celles de l'Est, et elles seront séparées par la mer Morte et le Jourdain. Lawrence, pour sa part, définit la sienne : il compte soulever les habitants du Hauran et desserrer l'emprise turque par Deraa et la vallée du Yarmouk. Mais, pour réaliser ce plan, il faut que les armées arabes, celles de Fayçal et de ses frères, Abdallah, Ali et Zeid, passent sous le contrôle d'Allenby. Fayçal l'acceptera-t-il ? Lawrence doit l'en convaincre. Le cuirassé *Dufferin* l'accompagne à

Wejh et, de là, un avion le transporte à Djeddah où il retrouve Fayçal ; ce dernier n'émet pas d'objection quant à passer sous le commandement d'Allenby. Hussein arrive de La Mecque et, nonobstant sa verbosité, souscrit également au plan de campagne, bien que trahissant son étroitesse d'esprit, selon Lawrence, et cette tendance des gens médiocres à douter de l'honnêteté de leurs adversaires. Lawrence a décidément changé d'avis sur l'homme qu'il avait décrit, au début des Sept Piliers, comme « honorable, rusé, obstiné et profondément pieux ».

Un personnage généralement négligé des biographes mérite d'être ici sorti de l'obscurité ; c'est le colonel Wilson, représentant de la Grande-Bretagne auprès de Hussein. Il est, en effet, le dispensateur de fonds anglais auprès de ce dernier, et l'on se doute qu'il jouissait d'une certaine influence. Sans lui, Hussein et ses fils auraient-ils si promptement accepté le plan d'Allenby ?

Préliminaires à la campagne de Syrie : Fayçal fait évacuer ses troupes d'Akaba où elles n'ont plus de raison d'être ; mille cinq cents soldats réguliers et les provisions entreposées à Akaba sont ainsi embarqués sur un transport anglais pour être déplacés au nord.

Lawrence n'aborde jamais la question de front : les Arabes croyaient-ils autant que lui à la Révolte arabe et à la naissance de royaumes indépendants qu'entraînerait sa victoire ? Dans les jours qui précédèrent la campagne de Syrie, il y eut pourtant trois raisons au moins d'en douter. La première fut qu'au début de mai 1917, la tribu des Billis avait abandonné la cause du chérif. Leur chef et quatre cents de ses hommes avaient rejoint les Turcs à El 'Ala. S'il avait refusé d'attaquer l'armée de Fayçal, il n'en avait pas moins persuadé son frère de quitter ce dernier. Lawrence n'en parle pas.

La deuxième raison fut que le chef des Billis avait également persuadé Ibn Rachid, émir de Hail et personnage influent dans l'Arabie du Nord, de transférer son allégeance aux Turcs. Lawrence n'en parle pas non plus.

La troisième raison fut que le chef des Howeitat, le vaillant Auda Abou Tayyi, était, depuis Akaba, entré en pourparlers avec les Turcs installés à Ma'an[1]. Lawrence avoue qu'il en fut si troublé qu'il se rendit à Akaba pour en avoir le cœur net. Là, jouant la comédie, il n'aborda le sujet avec Abou Tayyi et son lieutenant Mohammad que le lendemain – et encore, sur le ton de la plaisanterie. Les deux hommes finirent par avouer qu'ils avaient écrit au gouverneur de Ma'an pour lui proposer de déserter la cause du chérif. Le Turc avait accueilli la proposition avec enthousiasme et leur avait envoyé des cadeaux. Sur quoi Lawrence proposa à Abou Tayyi de lui faire une avance sur le cadeau que lui ferait certainement Fayçal, et l'autre comprit où se trouvait son intérêt ; il accepta d'emblée. Il apparaît donc que celui que Lawrence avait qualifié de « plus grand combattant d'Arabie du Nord » était un personnage vénal et versatile, pour dire le moins.

Et l'on songe alors à l'aveu de Lawrence à Robert Graves, selon lequel « la Révolte arabe était une affaire assez sordide ».

Lawrence conclut son récit par des considérations que l'on qualifiera, avec indulgence, de casuistiques. Il écrit ainsi que « la foule voulait des héros de livres » et qu'elle « ne comprendrait pas que le vieux Auda n'en

---

1. Ma'an était un important carrefour commercial, situé sur la route du pèlerinage syrien vers La Mecque. Cette ville, à la frontière du désert et du Hedjaz, représentait une interface des mobilités régionales, qui s'intensifièrent avec la construction du chemin de fer du Hedjaz en 1904.

était que plus humain, après les batailles et les meurtres, quand son cœur penchait vers l'ennemi vaincu» dont la vie dépendait de son bon vouloir et qu'il n'avait jamais paru aussi «charmant» (le mot anglais, assez déconcertant, est *lovely*). D'abord, l'ennemi n'était pas vaincu; ensuite, la vénalité d'Abou Tayyi était patente.

On le voit bien: la plaidoirie de Lawrence est creuse. Il répugne à condamner Auda, soit parce qu'il ne veut pas renier un chef arabe, soit parce qu'il a noué avec lui des relations personnelles dont le secret demeure. Quoi qu'il en soit, il n'est pas de bonne foi.

Il ne peut ignorer, non plus, que beaucoup des tribus bédouines ne vibrent pas d'ardent espoir quand on leur parle d'indépendance. Elles vivent depuis des générations sous la suzeraineté ottomane qui leur a, le plus souvent, laissé conserver leurs traditions. Le nationalisme est pour elles une notion fumeuse. Elles ne sont pas impatientes de passer sous la tutelle de celui qu'elles considèrent comme l'un des leurs, le chérif Hussein, qui ne possède pas d'apanages particuliers.

La campagne de Palestine, troisième partie de la Révolte arabe, s'engagea avec des moyens bien supérieurs à ceux qui avaient été mis en jeu lors de la guerre du Hedjaz: sur les côtes, Allenby avait mobilisé les navires de guerre; à l'intérieur des terres, il mettait à la disposition des combattants des armes telles que le mortier Stokes, équivalent d'un canon de petit calibre, et des mitrailleuses légères Lewis, que des instructeurs apprirent aux Bédouins à manier. Les combattants comportaient, par ailleurs, des unités régulières plus aptes à la guerre selon les disciplines occidentales. Il convient aussi de mentionner les méharistes, soldats réguliers entraînés au maniement de ces animaux que l'on surnommait «vaisseaux du désert», les chameaux.

Enfin, l'aviation (les Turcs aussi s'en servaient) et les véhicules blindés interviendraient chaque fois que possible.

Lawrence, lui, avait fait prévaloir, dans l'état-major britannique, l'intérêt du sabotage des voies ferrées turques au sud d'Alep. Certes, les terrassiers pouvaient en quelques heures ou peu de jours remettre en place ou remplacer les rails arrachés, et même rendre praticables les viaducs endommagés, mais ce harcèlement constant ralentirait les réactions et mouvements des armées turques, ainsi que leurs envois de renforts. Les mines électriques avaient été perfectionnées, et la formation des artificiers leur permettait de dépasser le stade du bricolage qui avait été le leur jusqu'alors. Jointes au soulèvement des populations de Syrie, de Transjordanie et de Palestine, ces opérations finiraient par handicaper et démoraliser les Turcs.

Cette tactique de harcèlement résume la contribution de Lawrence aux opérations militaires de la Révolte arabe.

L'emploi des explosifs pouvait servir aussi à démolir des puits, ce qui serait précieux dans des régions arides. Ceux de la gare d'Al-Mudawwara, à une centaine de kilomètres au-dessous de Ma'an, furent ainsi l'un des premiers objectifs de Lawrence. Il obtint de Fayçal une vingtaine de chameaux pour transporter ses explosifs, le tiers de ce qu'il avait demandé ; de plus, la discipline ne régnait pas dans sa petite troupe. « Nous ne pouvions pas mélanger ou combiner des tribus, écrit Lawrence, à cause de la méfiance qu'elles se portaient les unes aux autres, et nous ne pouvions faire agir l'une dans le territoire de l'autre. » Alors, pour inciter les habitants réticents de la région de Wadi Moussa, par exemple, qui n'avaient pas voulu se joindre aux combats, Lawrence leur fit miroiter les pillages fructueux qu'avaient perpétrés les Bédouins de la tribu des Delaghas.

Lawrence décrit là deux entraves principales au succès de la Révolte arabe : l'absence de solidarité entre les tribus, qu'il attribue ailleurs à l'individualisme arabe et à l'ignorance de la discipline. Les chances de succès d'une opération militaire dépendaient de sa brièveté et de l'appât du gain personnel dans le pillage. La principale force de cohésion des troupes irrégulières était le sentiment de solidarité. Ni les chefs des tribus, ni leurs membres ne nourrissaient de considérations politiques. La notion même de Révolte arabe était restreinte aux élites qui auraient eu à pâtir de la tutelle ottomane, comme c'était le cas des milieux gravitant autour de Hussein et de Fayçal.

En dépit de la modernisation des effectifs décrite plus haut, l'opération de Al-Mudawwara tourna bientôt à l'aventure, l'une des plus chaotiques contées dans Les Sept Piliers. D'abord, le puits que Lawrence avait projeté de détruire n'était plus utilisé, car il était pourri. Ensuite, alors qu'ils étaient censés passer inaperçus des Turcs de la garnison, des membres de la petite troupe qu'il menait s'agitèrent sur la crête d'une colline ; ils furent évidemment repérés par les soldats d'un avant-poste voisin, qui leur tirèrent dessus. Mais ce n'était là qu'un avant-goût de ce qui suivrait.

Lawrence avait miné la voie ferrée qui passait sur le pont, dans l'espoir que l'explosion ferait dérailler la locomotive et la ferait tomber dans le vide. Mais le train qui apparut vers midi était tiré par deux locomotives au lieu d'une et, quand le nuage de fumée causé par l'explosion se fut dissipé, Lawrence s'avisa de ce que le train s'était immobilisé sur la voie et que des soldats, depuis le toit, tiraient à la mitrailleuse sur ses hommes.

Puis, d'autres descendirent de leurs perchoirs et, postés derrière les roues des wagons dans une position inexpugnable, tirèrent eux aussi sur leurs assaillants.

Là se révéla l'efficacité des mortiers. Un premier obus, explosant de l'autre côté de la voie, sema la panique parmi les Turcs. Un second les dévasta. Les occupants du train prirent alors la fuite dans les dunes, cependant que les Bédouins accouraient à toute vitesse pour piller le convoi.

Tout cela avait duré une dizaine de minutes. Quand Lawrence alla inspecter les dégâts, il constata que le premier wagon du train, tombé dans le ravin, avait transporté des malades ; ils étaient presque tous morts, à l'exception de quelques-uns qui lui crièrent : « Typhus ! » Il tourna les talons et alla démolir à l'explosif celle des deux locomotives qui était la moins endommagée, afin de priver les Turcs d'un précieux engin.

« La vallée offrait un spectacle étrange, écrit-il. Les Arabes, devenus fous furieux, couraient à toutes jambes, tête nue, à moitié nus, tirant des coups de feu en l'air, se chamaillant bec et ongles, tandis qu'ils dévastaient les wagons, titubant sous le poids d'immenses ballots qu'ils tiraient dehors et éventraient, détruisant ce qu'ils ne voulaient pas. Le train avait été bondé de réfugiés et de malades… »

Le butin ? « Des masses de tapis, des douzaines de matelas et d'édredons fleuris, des monceaux de couvertures, des vêtements d'hommes et de femmes de toutes sortes, des pendules, des casseroles… »

Et, devant tout ça, trois ou quatre dizaines de femmes hystériques, dévoilées, déchirant leurs habits et hurlant à en perdre la raison, pendant que les Arabes chargeaient de leurs butins les premiers chameaux venus.

Un groupe de militaires autrichiens demanda calmement de l'aide à Lawrence. L'un d'eux requit, en anglais, un médecin pour soigner ses blessures ; Lawrence lui répondit que les Turcs s'occuperaient de lui à leur retour, mais l'homme mourut peu après, mortellement blessé. Puis une querelle éclata entre le garde du corps de Lawrence et l'un des Autrichiens, qui tira son revolver et abattit un jeune Arabe ; il le paya de sa vie sur-le-champ. Quatre-vingt-dix prisonniers militaires figuraient parmi les passagers du train, dont cinq soldats égyptiens en sous-vêtements. Ils furent libérés.

Le propre d'une guerre est d'être inhumaine et insensée ; celle-ci ne le cédait en rien aux autres. Mais la description qu'en offre Lawrence lui-même, dans ces pages des Sept Piliers, ne correspond guère à certaines transcriptions épiques et épurées de ses biographes.

L'état d'esprit de Lawrence changea durant ces premiers mois de 1917 : le réalisme s'imposait. « Puisque les Anglais étaient nos principaux partenaires, écrit-il – comme s'il n'était pas anglais –, les Arabes devraient, en dernier recours, leur être sacrifiés. » « Ce n'était pas la première fois, écrit-il aussi plus haut, que cela m'exaspérait d'être le serviteur de deux maîtres. J'étais un des officiers d'Allenby et, en retour de sa confiance, il s'attendait à ce que je le serve de mon mieux. J'étais aussi le conseiller de Fayçal et, jusqu'ici, il faisait assez confiance à l'honnêteté et à la compétence de mes avis pour les accepter sans discuter. Mais je ne pouvais pas expliquer à Allenby l'entièreté de la situation arabe, ni révéler à Fayçal tout le plan anglais. »

Ces lignes comptent parmi les plus révélatrices de la personnalité de Lawrence : il joue double jeu, à la fois avec Allenby et avec Fayçal. Dans quel but ? Faire triompher la cause arabe ? Là se pose à nouveau la question du secret de son allégeance à cette cause. Le mystère demeure.

Dans la même page du même chapitre des Sept Piliers, Lawrence donne pourtant un exemple de l'étroitesse d'esprit des gens auxquels il a voué sa fidélité. Le chef de Deraa, le cheikh Talal el-Hareddine, envoie plusieurs messages pour dire qu'il est tout prêt à céder la ville aux combattants arabes, ce qui ferait évidemment l'affaire d'Allenby; mais pas celle de Fayçal. Celui-ci, en effet, ne veut accepter ce ralliement que s'il est certain de faire prévaloir son autorité dans la ville; or, il est douteux que les Syriens de la Deraa se soumettent volontairement à l'autorité d'un fils du chérif de La Mecque, fût-il autoproclamé roi du Hedjaz. On croit rêver: l'orgueil de Fayçal mène à rejeter un avantage stratégique important.

Un point est certain: Lawrence n'est pas épris d'admiration pour ses compatriotes. Même les Turcs n'auraient probablement pas écrit – ni publié – ces mots: « Les hommes [anglais] étaient souvent de vaillants combattants, mais leurs généraux le cédaient le plus souvent en stupidité à ce qu'ils avaient gagné en ignorance. » On en reste confondu. Lawrence n'est certes pas solidaire de son pays.

Il se trouve donc réduit à temporiser et à finasser: « Même si le Mouvement arabe – c'est le nouveau nom qu'il donne à la Révolte – dépendait du bon plaisir d'Allenby, il était nécessaire d'entreprendre quelque opération au lieu de viser à une révolte générale, une opération qui serait menée par un groupe d'assaillants sans mettre en jeu les populations établies. » En termes plus simples, cela signifie que, pour continuer à exister, il fallait se manifester par quelque action de guérilla – et encore, à la condition que ça plût à Allenby.

La guérilla avait produit des résultats appréciables: les attaques contre les voies ferrées avaient, en effet, détruit dix-sept locomotives, et les déplacements en train étaient devenus des aventures périlleuses pour les Turcs. Lawrence décida de persévérer dans ce type d'attaques. L'action qu'il choisit consista à faire sauter l'un des viaducs qui traversaient les gorges du Yarmouk, afin d'isoler l'armée turque, en Palestine, de sa base de Damas. Probablement ignorant des conditions aléatoires de la guérilla, qu'il n'avait jamais affrontée ni pratiquée, Allenby fixa une date à l'opération, entre le 5 et le 8 novembre, comme s'il s'agissait d'un simple travail de terrassiers.

Pour Lawrence, il fallait une personnalité arabe qui commandât les populations syriennes dans le cas où l'opération réussirait ; lui et ses conseillers choisirent Ali, l'un des frères de Fayçal.

Deux personnages pittoresques se joignirent à eux. L'un était Wood, un artificier retiré du service à la suite d'une blessure peu commune : une balle qui lui avait traversé le crâne de part en part ; l'autre Abd el-Kader el Jazaïri, petit-fils du légendaire héros éponyme de la conquête de l'Algérie que la France avait exilé en Syrie et qui, pendant les émeutes antichrétiennes de 1860, sauva la vie de plusieurs milliers de chrétiens de la région de Damas. Désormais chef des Algériens immigrés dans la région, le descendant était une figure moins héroïque : dur d'oreille, passablement dérangé et soupçonné à tort par les Anglais d'être un espion des Turcs, il finirait sa carrière assez mal.

Comme à son habitude, Lawrence, plus chroniqueur et romancier que rédacteur militaire, multiplie les descriptions et les anecdotes avant d'aborder le sujet de l'action ; l'une des plus étranges de celles-ci a pour vedette un chameau de prix qui indispose des Bédouins en vagabondant parmi leurs tentes, et dont ils ne connaissent pas le propriétaire : or, c'est le gouverneur.

Ils enduisent la tête de l'animal de henné rouge et ses jambes d'indigo, avant de le chasser. Fureur du gouverneur, qui fait arrêter et incarcérer les coupables.

Les événements militaires, eux, sont moins comiques : Lawrence et la soixantaine d'hommes qui l'accompagnent essuient trois échecs cuisants à Minifir, près d'Azrak, à une centaine de kilomètres à l'est d'Amman, en tentant d'en faire sauter le pont ; ils y perdent aussi vingt hommes. Le plus vexant est le deuxième échec, où le détonateur d'une mine installée par Lawrence ne fonctionne pas. Le succès final sera également cuisant pour celui-ci, car il est sérieusement blessé à l'épaule après avoir été projeté au sol par l'explosion, les habits arrachés, un orteil brisé, puis il se trouve pris entre deux lignes de tir, celle des Turcs et celle des Arabes, avant de pouvoir ramper hors du champ de tir.

On découvre peu après que le train était celui de Djemal Pacha, nouveau gouverneur de Jérusalem. Son importante escorte, et le feu nourri dont elle cribla les Arabes, forcèrent ceux-ci à fuir au galop. Ils avaient manqué une proie de choix.

Les dates sont rares chez Lawrence ; celle-ci est le 11 novembre 1917.

De nouvelles péripéties suivirent, telle celle où Lawrence et ses compagnons sont attaqués à l'improviste près de Bair par une bande d'Arabes qui finissent par leur offrir un festin ruisselant de graisse, décrit en détail : ce sont des Beni Sakhr, qui ont l'habitude d'attaquer tous les étrangers au premier abord. Les récits sont généreusement garnis de descriptions de chameaux, de considérations vestimentaires, alimentaires ou psychologiques, dont la profusion porte à se demander si Lawrence est sincèrement convaincu de leur utilité ou bien s'il ne crée pas un mirage exotique dans lequel sa personnalité finit par devenir indiscernable. On y apprend par exemple que les Bédouins désinfectaient leurs plaies en pissant dessus.

L'expédition du Yarmouk sera considérée par Liddell Hart comme un échec, jugement par trop négatif, bien qu'elle n'ait pas été non plus une franche réussite. Elle était compensée par la bataille du Shobek où les Arabes avaient, le 27 octobre, détruit la voie ferrée par laquelle les Turcs alimentaient en bois les locomotives de la ligne du Hedjaz. Cette victoire, et plusieurs autres, avait forcé les Turcs à se retirer de la région.

La Révolte arabe fut une idée de Lawrence ; il s'était mis en tête de les en convaincre pour y jouer un rôle. Quant aux héros livresques, il a bien raison, mais il ne savait visiblement pas ce qui l'attendait.

En quittant la British Library, je me suis dit que, tout compte fait, T. E., névrosé ou pas, méritait tout de même le respect.

10

À peine étions-nous assis dans le bureau de Richard Meinertzhagen que je lui annonçai :

— Nous avons découvert qui est Selim Ahmed.

Il plissa le front, impassible, et attendit la suite.

— Avez-vous en mémoire la dédicace inscrite sur Les Sept Piliers ?

Il fit non de la tête.

J'ai sorti une petite note que j'avais écrite.

— « À S. A. » Et la suite : « Je t'aimais, aussi je pris ces marées d'hommes entre mes mains et écrivis ma volonté en étoiles à travers le ciel. Pour te gagner la Liberté, la digne maison aux Sept Piliers afin que tes yeux puissent briller sur moi, quand nous arriverions. La Mort semblait ma servante sur la route, jusqu'à ce que nous fussions proches, te voyant qui attendais ; alors tu souris et, d'envie chagrine, elle me dépassa et t'emporta sans moi, dans sa quiétude. L'amour, fatigué du chemin, chercha à tâtons ton corps, notre gage éphémère, nôtre pour l'instant. Avant que la main molle de la terre n'explore ta forme et que les vers aveugles ne s'engraissent de ta substance. Les hommes m'ont prié d'ériger notre œuvre, la maison inviolée, en ton mémorial. Mais, pour que le monument convînt, je le fracassai, inachevé ; et, maintenant, les petites choses sortent en rampant pour s'arranger des baraques dans l'ombre gâchée de ton offrande. »

J'ai répété :

— « À S. A. » ?

Françoise précisa :

— Selim Ahmed.

— Voilà qui m'était sorti de la mémoire. Très bien. Je veux bien l'admettre. Mais qui est ce personnage ?

J'ai répliqué :

— En janvier 1911, alors qu'il travaille sur le site archéologique de Karkemish, Lawrence rencontre un adolescent de quatorze ou quinze ans. Un ânier, à moins qu'il fût porteur d'eau. Selon Leonard Woolley, l'assistant de David Hogarth, il était « magnifiquement bâti et remarquablement beau ». Cet adolescent s'appelle Selim Ahmed, mais tout le monde le surnommait « Daheem » ou « Dahoum », ce qui signifie peut-être « le Basané ». Lawrence est tout de suite frappé par ses qualités intellectuelles et le prend sous son aile. Il lui apprend à lire, lui donne des cours d'anglais, lui enseigne la photographie et passe des heures entières avec lui. En échange, l'adolescent lui donne des cours d'arabe. Leur relation finit par faire jaser les ouvriers, et des plaisanteries salaces fusent ici et là. Selon Woolley, T. E. a poussé l'adolescent à vivre avec lui et l'a fait poser comme modèle nu pour réaliser une étrange silhouette accroupie, taillée dans le calcaire friable de la région. Pour lui, il ne fait pas de doute que T. E. et Dahoum avaient des relations sexuelles. En revanche, Vyvyan Richards, l'amoureux d'Oxford, fut abasourdi d'apprendre que la relation entre Lawrence et Dahoum avait quelque chose de sexuel, d'autant qu'il avait lui-même aspiré à ce genre de liaison intime, en vain.

Il n'est pas impossible que les insinuations de Woolley fussent fallacieuses.

En tout cas, Lawrence, n'en avait cure. Il était entièrement consacré à sa tâche de Pygmalion. Lorsqu'il se trouvait à Jbeil, au Liban, il écrivit un jour à Emily Rieder, qui fut son professeur de français : « J'ai obtenu un franc succès avec notre jeune ânier. Il commence à faire usage de sa raison aussi bien que de son instinct. J'avais donc un matériau tout à fait exceptionnel sur lequel travailler. Je l'ai fait lire et écrire plus qu'il ne l'a jamais fait. »

En mai ou en juin, Lawrence est terrassé par une crise de dysenterie et il est obligé de s'aliter dans la maison du contremaître, cheikh Hamoudi el-Awassi, avec qui il s'était lié d'amitié. C'est Dahoum qui veille sur lui nuit et jour.

Au cours de l'année 1913, il demanda l'autorisation à Hogarth de retourner en Angleterre, chez lui, à Oxford, pour un bref séjour. Et il annonça à ses proches : « Je voudrais emmener Dahoum avec moi pour me faire la conversation. »

Dans sa maison de Polstead Road, il emmena non seulement son protégé mais aussi cheikh Hamoudi. Il les logea dans le bungalow au fond du jardin de la maison familiale. Il se plut à les initier à un loisir qui leur était jusque-là totalement étranger : la bicyclette. Il faut imaginer la scène : deux Arabes, coiffés du keffieh, vêtus d'une tunique, parcourant les rues d'Oxford à vélo ! Au cours de leur séjour, Lawrence les présenta aussi au peintre Francis Dodd afin qu'il dessinât leur portrait.

À leur retour dans la Péninsule, Dahoum et Lawrence ne se quittèrent pratiquement plus, que ce soit à Alep, Jbeil, Beyrouth, Alexandrette ou Akaba.

Certains biographes de Lawrence décrivent cette relation comme « presque paternelle », mais c'était plus qu'un sentiment paternel, c'était de l'amour. Dix ans plus tard, en parlant de l'amitié qui le liait à Dahoum, Lawrence la décrivit comme une relation « si intime et si complice qu'ils s'étaient confiés tout ce que deux êtres peuvent se dire».

Durant l'été 1913, ils passèrent la plupart de leurs journées, de leurs soirées ensemble à travailler sur le chantier, à nager dans l'Euphrate, à nettoyer, dessiner, photographier et répertorier les spécimens archéologiques.

En 1914, Dahoum et Lawrence sont à Beersheba, alors ville de Palestine, puis à Petra, dans l'actuelle Jordanie. La saison s'achève. C'est l'heure de rentrer en Angleterre. Lawrence fait ses adieux à Dahoum et lui confie son pistolet. À ce moment, il est persuadé qu'il reviendra à Karkemish et qu'ils se reverront. Il se trompe. Il ne reviendra plus, embarqué dans le tourbillon de la Révolte arabe.

Dahoum mourra deux ans plus tard, sans doute emporté par une épidémie de typhus.

Je me suis tu et j'ai guetté la réaction de Richard. Elle ne tarda pas.

— Je reconnais que je n'avais jamais fait le rapprochement entre les initiales de la dédicace, « S. A. », et Selim Ahmed – et encore moins avec le nom de « Dahoum ». Ceci étant, si nous voulons être objectifs et ne pas nous laisser gagner par des théories improuvées, permettez-moi de vous rappeler qu'il n'y a aucune preuve fiable d'intimité sexuelle et consensuelle entre Lawrence et toute autre personne, de l'un ou l'autre sexe, à n'importe quel moment de sa vie. Il me souvient que, dans une lettre adressée à son ami l'écrivain Forster, Lawrence niait explicitement son homosexualité. Il y affirme sans détour : « Je ne pourrais jamais le faire, je crois. L'impulsion qui serait assez forte pour me pousser à toucher une autre créature n'est pas encore née en moi. »

Et à son biographe, Robert Graves, il dit : « Ton passage sur la baise m'a laissé abasourdi. Comme je l'ai écrit avec un peu de courage, je pense, peu de gens admettent les dommages que peut causer l'ignorance. *Jamais je ne l'ai fait, et je n'en ai vraiment pas envie.* » Et, vers la fin de sa vie, Vyvyan Richards a clairement défini la véritable base de son amitié avec Lawrence : « Franchement, dit-il, pour moi, ce fut le coup de foudre. Mais Lawrence ne semblait éprouver aucun désir charnel d'aucune sorte ; il ne comprenait tout simplement pas. Il a accueilli mon affection, mon sacrifice, en fait, et finalement ma totale soumission, comme s'ils lui étaient dus. À aucun moment je n'ai perçu chez lui le moindre signe qu'il comprenait mes motivations ou mes désirs. »

Françoise approuva de la tête, tout en faisant remarquer :

— De toute façon, commandant, est-ce vraiment essentiel de savoir si T. E. était ou non homosexuel ? Et s'il le fut, il ne s'agit en rien d'une tare ou d'une maladie honteuse, que je sache !

Meinertzhagen haussa les épaules.

— Je vous l'accorde. Mais ce n'est pas la question qui m'intrigue, c'est son absence d'attirance pour les plaisirs de la chair. Et là, c'est à la psychiatre que je m'adresse : est-il possible qu'un homme ou une femme puisse vivre toute une vie sans aucun rapport charnel d'aucune sorte ? Dans je ne sais plus quel chapitre des Sept Piliers, Lawrence précise : « Le dégoût d'être touché me révoltait plus que l'idée de la mort, de la défaite ; peut-être parce qu'un horrible pugilat, dans ma jeunesse, m'avait laissé une aversion durable pour le contact ; ou peut-être parce que je respectais la maîtrise de mon esprit et que je méprisais tellement mon corps que je n'aurais pas préservé celui-ci pour tenir l'esprit en vie. »

Il répéta sa question :

— Peut-on vivre sans aucun rapport sexuel ?

Françoise médita quelques instants avant de répondre :

— Je vous dirais que ce sont des vies qui peuvent être douloureuses. Ce qui fut très certainement le cas de Lawrence. Ses confidences à Charlotte Shaw sont très claires, lorsqu'il parle de ses relations avec sa mère : « Le fait de l'avoir connue me préservera à jamais de faire d'aucune femme une mère, par qui naîtraient des enfants. Je pense qu'elle s'en doute : mais elle ignore que ce conflit intérieur fait de moi une guerre civile permanente. » La question ne procède pas ici d'un intérêt indiscret pour ce que l'on appelle « les petits secrets des grands hommes », mais des conséquences d'une pareille abstinence sur leur équilibre mental. Bien des religieux ont vécu et vivent encore à l'écart de tout commerce sexuel, dans le respect du vœu de chasteté qu'ils ont pris en entrant dans leur sacerdoce ; mais ils le font pour se conformer aux exigences de leur foi, qu'ils ont librement approuvées. Or, aucun vœu, et certes pas les règlements de l'armée de l'air, ne contraignait Lawrence à la chasteté. Je pressens qu'il a vécu seul, crispé dans l'aversion sinon le refus du rapport physique. L'enfant de Sarah Junner est devenu un adulte névrosé caractéristique, ce que nous appelons, en termes médicaux, un psychotique.

Soudain, Anthony s'adressa à Meinertzhagen :

— Commandant, lors de notre dernier rendez-vous, vous avez mentionné le masochisme de Lawrence…

— C'est exact. Je m'y suis aussi beaucoup intéressé. Et, je l'avoue, j'ai plus de certitudes concernant la propension à souffrir de T. E. qu'à propos de son homosexualité.

Il sortit une feuille du tiroir de son bureau et poursuivit :

— Au chapitre 103 des Sept Piliers, on lit ce passage qui est, à mon avis et d'une certaine manière, annonciateur de la tragédie de Deraa…

— Deraa ? s'étonna Anthony.

— Je vous en parlerai. Laissez-moi vous citer le passage en question : « J'aimais ce qui était au-dessous de moi, je prenais mes plaisirs, cherchais mes aventures au-dessous de moi. La dégradation comportait à mes yeux une certitude, une sécurité finale. L'homme pouvait s'élever à n'importe quelle hauteur, mais il ne pouvait tomber au-dessous d'un certain seuil d'animalité. Il était possible de se reposer sur cette satisfaction. La force des choses, les années et une dignité artificielle me refusaient cette satisfaction-là. »

Il posa le feuillet sur ses cuisses.

— Il est clair que notre héros révèle ici son besoin inassouvi de s'avilir et qu'il ne peut y résister. Si l'on faisait ici une analyse psychologique du personnage, on dirait que les humiliations, les coups de fouet de son enfance l'ont rendu masochiste. Par ailleurs, ses lectures de jeunesse, telles que *Le Morte d'Arthur*[1], lui ont sans doute inculqué le sens de l'héroïsme et du pathétique. Mais elles l'ont aussi conduit à confondre réalité et fantasme. L'épisode de Deraa, du moins dans la mise en scène dont il l'assortit, a dû revêtir une importance

1. Ou *La Mort d'Arthur*. En 1470, Thomas Malory finit l'écriture de *La Mort d'Arthur* après quinze ans de travail. Cette œuvre est représentative d'un genre littéraire en vogue au Moyen Âge, le roman arthurien. Elle reprend plusieurs légendes liées au roi Arthur, aux chevaliers de la Table ronde et à la quête du saint Graal.

particulière dans son imaginaire ; il le hante. La preuve, c'est qu'il en fait part à Charlotte Shaw dans l'une de ses lettres.

Il récupéra sa feuille de notes et enchaîna :

— « Quant à cette nuit-là, je ne devrais pas vous le dire, parce que les hommes respectables ne parlent pas de telles choses. Je voulais le rapporter franchement dans le livre, mais j'ai lutté pendant des jours avec mon amour-propre qui a voulu m'en empêcher, m'en a empêché. De peur d'être blessé, ou plutôt pour gagner cinq minutes de répit dans une souffrance qui me rendait fou, j'ai abandonné le seul bien que nous possédions à la naissance, *l'intégrité de notre corps*. C'est impardonnable, irréparable. C'est ce qui m'a forcé à renoncer à une existence respectable, à l'usage de mon intelligence et de mes talents qui ne sont pas méprisables. » On relève d'emblée deux aveux : l'amour-propre qui l'a empêché de livrer la version véridique des faits. Et l'affirmation du viol dont il fut victime : « J'ai abandonné le seul bien que nous possédions à la naissance, l'intégrité de notre corps. » Parce qu'il n'avait pas eu d'autre choix que de céder à ce viol, il se jugeait désormais indigne de poursuivre le combat auprès des Arabes. Ce puritanisme extrême, on serait tenté de dire exacerbé, correspond certes à ce que nous savons de son éducation. Mais il semble démesuré jusqu'à en devenir absurde : si Lawrence s'était jusqu'alors jugé utile à la cause arabe, pouvait-il vraiment croire que l'indignité dont (à tort) il se jugeait responsable justifiait son retrait d'un combat collectif ? Croyait-il qu'un chef doive être vierge ? Lui, pourtant féru de héros médiévaux, n'avait-il pas entendu parler de Richard Cœur de Lion qui fonctionnait à voile et à vapeur, comme on dit ?

Françoise fit des yeux ronds.

— Richard Cœur de Lion ?

— *Yes, my dear.* Bien qu'aucune source ne permette d'affirmer son homosexualité, certains faits laissent planer fortement le doute. Il y a, entre autres, cette scène qui s'est déroulée en 1191, à Messine, au cours de laquelle Richard se fait flageller pour un péché indiscutablement d'ordre sexuel. Luxure ? Accouplement avec les hommes ? Probablement la deuxième raison.

— Eh ben, soupira Françoise. Moi qui étais amoureuse de ce preux chevalier. Pas de chance ! Pour ce qui est du cas de Lawrence, je me demande s'il trouvait non un plaisir masochiste, mais un remède à d'anciennes plaies qui ne furent jamais cicatrisées.

Le silence enveloppa la pièce, plein de toutes nos interrogations.

Anthony le brisa soudain :

— Commandant, vous avez mentionné deux fois le nom de Deraa. De quoi est-il question ?

J'ai pris sur moi de répondre :

— Deraa est une ville de Syrie proche de la frontière jordanienne. Lawrence y a sans doute vécu le plus grand drame de sa vie. Cela s'est passé dans le courant du mois de novembre 1917. Lawrence rongeait son frein à Azrak, en Jordanie, où il avait établi son quartier général. Inquiet du danger que représentait, à Deraa, un nœud de voies ferrées servant de plaque tournante au ravitaillement des Turcs, il décida de s'y rendre en compagnie d'une poignée de Bédouins et d'y pénétrer seul, malgré la présence d'une forte garnison ennemie. Vêtu de haillons empruntés à un mendiant, il profita de la clarté indécise de l'aube pour franchir les avant-postes turcs et se mit à errer pendant des heures dans les rues, examinant les voies ferrées, la gare, les dépôts de munitions et les casernes. Comme il fallait s'y attendre, il tomba nez à nez avec une patrouille turque. Un sous-officier, intrigué par son teint clair et son visage imberbe, décide de l'appréhender. Il est conduit dans une enceinte où on l'interroge sur son identité. Lawrence donne un nom d'emprunt et déclare qu'il est circassien. Ce qui est plausible : les Circassiens, présents dans tout l'Empire ottoman, peuvent passer physiquement pour des Européens. L'officier turc est sceptique. On l'enferme dans une pièce où sont groupés d'autres suspects. La nuit venue, les soldats l'emmènent dans la chambre à coucher du Bey, gouverneur de la place.

Meinertzhagen s'interrompit pour me prier d'aller chercher, sur une étagère proche, un exemplaire des Sept Piliers qui trônait bien en vue. Lorsque je le lui remis, il l'ouvrit directement à un endroit marqué par un signet et lut d'une voix distincte :

— « C'était un homme énorme, assis sur son lit, en pyjama. Il tremblait et suait comme dans un accès de fièvre. Au sommet de son crâne se dressait une chevelure hérissée, pas plus longue que le chaume noir qui couvrait ses joues et son menton. Il m'examina en détail et me dit de me lever, puis de pivoter sur moi-même. J'obéis. Il se rejeta en arrière sur le lit et m'entraîna avec lui dans ses bras. Quand je vis ce qu'il voulait, je me tordis et me relevai, heureux de me trouver son égal, en tout cas à la lutte. Il se mit à m'enjôler, disant combien j'étais blanc et frais, comme j'avais les mains et les pieds délicats, et comment il me dispenserait d'exercice et de corvées, ferait de moi son ordonnance, me paierait même des gages si je voulais l'aimer. Je restai inflexible, aussi changea-t-il de ton et m'ordonna sèchement d'enlever mon pantalon. Comme j'hésitais, il m'empoigna, et je le repoussai. Il claqua dans ses mains pour appeler la sentinelle, qui se précipita et me saisit les bras. Le Bey me maudissait avec d'horribles menaces et fit arracher pièce à pièce mes vêtements par l'homme qui me tenait. Ses yeux s'arrondirent devant les endroits à demi cicatrisés où les balles m'avaient récemment effleuré la peau. Finalement, il se mit lourdement sur pied, avec une lueur dans l'œil, et commença à me tripoter sur tout le corps. Je le supportai un moment jusqu'à ce qu'il devînt trop infect ; alors je lui envoyai un coup de genou. Il tituba vers son lit, plié en deux et gémissant de douleur, tandis que le soldat appelait à grands cris le caporal et les trois autres hommes pour qu'ils me saisissent pieds et mains. Dès que je fus impuissant, le Gouverneur reprit courage et me cracha dessus, jurant qu'il me ferait demander pardon. Il ôta sa pantoufle et m'en frappa à plusieurs reprises le visage, pendant que le caporal me tirait la tête en arrière par les cheveux pour m'offrir aux coups. Il se pencha en avant, me planta ses dents dans le cou et mordit jusqu'à ce que le sang jaillît. Puis il m'embrassa. Ensuite, il dégaina la baïonnette d'un des hommes. Je pensais qu'il allait me tuer, et j'en étais désolé ; mais il ne fit que tirer un pli de ma chair sur mes côtes et le traversa de la pointe, non sans peine, puis donna un demi-tour à la lame. Cela faisait mal et je tressaillis, pendant que le sang serpentait sur mon flanc et dégouttait sur le devant de ma cuisse. Il parut content et m'en arrosa le ventre du bout des doigts. »

Il releva la tête du livre.

— Puis, le Turc donna ordre à ses hommes de conduire Lawrence dans une autre pièce. Ils le poussèrent à coups de pied jusqu'au palier, l'étendirent sur un banc destiné aux gardes et le maintinrent immobile. Un homme revint avec un fouet. Il le fit siffler à l'oreille de T. E., pariant qu'au dixième coup il crierait pitié, et qu'au vingtième il quémanderait les caresses du Bey.

Il commença à le cingler. Pour garder son esprit sous contrôle, Lawrence comptait les coups, mais il perdit bientôt le compte.

Richard Meinertzhagen reprit sa lecture :

— « Quelque part, une pendule bon marché faisait entendre un bruyant tic-tac, et je m'affligeais que les coups de fouet ne fussent pas en mesure. Je me contorsionnais et me tordais, mais on me tenait si serré que mes efforts étaient inutiles. Quand le caporal eut cessé, les hommes le remplacèrent, très délibérément, me donnant tel nombre de coups puis marquant un intervalle où ils se querellaient pour le prochain tour, se soulageaient et jouaient avec moi de façon indicible. Ils recommencèrent souvent. » Je vous épargne la suite, elle est encore plus effrayante, et je me limite à vous lire les dernières lignes : « Pourtant, je savais ou imaginais ce qui se passait autour de moi. Je me souvenais du caporal me frappant de sa botte cloutée pour me relever. Je me rappelais lui avoir paresseusement souri, car une chaleur délicieuse, probablement sexuelle, s'enflait en moi. Un rugissement, et le noir devant mes yeux, pendant qu'au fond de moi le noyau de la vie paraissait se hisser lentement le long des nerfs qui se déchiraient, expulsé du corps par ces dernières affres indescriptibles. »

Meinertzhagen referma le livre.

— Je vous laisse imaginer la suite. Quant à la conclusion, c'est Lawrence qui la soumet : « Cette nuit-là, à Deraa, la citadelle de mon intégrité était irrévocablement tombée. »

S'adressant soudain à nous, le commandant proposa :

— Pardonnez-moi, je suis un piètre hôte, désirez-vous boire quelque chose ?

Et, sans attendre notre réponse, il fit tinter une petite clochette posée sur guéridon. Un majordome apparut comme par enchantement, raide, vêtu d'un costume sombre à la coupe impeccable.

Meinertzhagen suggéra :

— Vous prendrez bien un verre de xérès ? Il est excellent. Ou autre chose ?

Françoise et moi avons opté pour un whisky, notre péché mignon, Anthony pour le xérès. Richard aussi.

Tandis que le majordome se retirait, il reprit :

— Il y a une personne dont nous n'avons pas parlé. Il est difficile de reconstituer le personnage de T. E. sans en évoquer un autre qui ressemble à une invention romanesque. Il s'agit d'une femme qui a fait, elle aussi, ses études à Oxford, qui s'est intéressée à l'archéologie orientale et qui est passée ensuite au monde politique. Cette figure serait exactement symétrique, n'était qu'elle a vingt ans de plus que Lawrence. Elle s'appelle Gertrude Bell. Il se fait que j'ai eu l'occasion de la rencontrer. Une femme exceptionnelle. Mais à mon avis…

Il me fixa :

— Vous trouverez des renseignements bien plus complets et précis dans le manuscrit du pseudo-Selim Ahmed ; moi, malheureusement, je n'ai plus la mémoire des dates.

J'ai fait observer :

— Vous conviendrez que ce manuscrit est une énigme. Dahoum ne savait pratiquement ni lire, ni écrire, et certainement pas en anglais. Ce n'est donc pas lui l'auteur. D'ailleurs, comment en avez-vous eu connaissance ?

— Grâce à Sybille. Elle me savait intéressé par Lawrence. Et c'est en farfouillant qu'un jour elle est tombée sur le document. Un petit miracle.

— Un faux, évidemment. Mais certainement rédigé par une personne qui connaissait parfaitement la vie de T. E., aussi intimement que ses biographes. Se pourrait-il que ce fût Gilbert Clayton, le commandant du Renseignement civil et militaire en Égypte ? Ou Leonard Woolley, l'assistant de David Hogarth ? Celui qui mentionne le nu réalisé par Lawrence.

— Clayton est mort en 1929. Or, le manuscrit parle d'événements qui se sont déroulés en 1935. Ce ne peut être lui. En revanche, Leonard Woolley est un candidat potentiel. Mais pourquoi se serait-il livré à un tel stratagème ? Il aurait pu tout simplement trouver un éditeur, vous ne croyez pas ?

Le majordome était revenu.

Il nous servit et repartit, sans un mot, toujours aussi raide.

— Puis-je vous poser une question ? lâcha tout à coup le commandant. Voilà deux fois que nous nous rencontrons et je ne comprends toujours pas quel est le but que vous poursuivez. Écrire une énième biographie de Lawrence ?

Nous nous sommes concertés du regard, et je décidai de répondre.

— Tout a commencé un soir alors que mon épouse et moi sortions d'un cinéma où nous avions vu le fameux film de David Lean, *Lawrence of Arabia*.

J'ai relaté en détail notre rencontre avec le couple anglais et les théories que le mari défendait à propos du manuscrit que Lawrence avait égaré dans la gare de Reading.

Meinertzhagen but une gorgée de xérès et articula lentement :

— Alan Carswell ?

Je fus à deux doigts de renverser mon whisky.

— Que… comment savez-vous ?

— Tout simplement parce qu'il y a cinq ans environ il est venu me rendre visite. Et il n'était pas seul. Un homme l'accompagnait.

Françoise s'exclama :

— Richard Aldington !

— Oui. Un brillant poète. J'ai lu quelques-unes de ses œuvres. J'ai lu aussi son enquête sur T. E. N'en déplaise aux adorateurs de Lawrence, elle est excellente.

— Leur avez-vous parlé de Selim Ahmed ?

— Non, parce qu'à ce moment-là Sybille ne m'avait pas communiqué le document. Quoi qu'il en soit, si le manuscrit de Reading existe bien, je doute fort que vous le retrouviez, pour la simple raison qu'il n'y a plus que deux survivants susceptibles de savoir où il est : sir Leonard Woolley et moi-même. Et moi, je ne l'ai pas. Donc...

Il ajouta d'un air détaché :

— Vous pouvez appeler Woolley de ma part. Il n'habite pas très loin d'ici. Je vous donnerai son adresse.

Nous étions quelque peu abasourdis. Ainsi, Carswell avait connu Meinertzhagen, et il fut plus proche d'Aldington que nous le supposions ! Il avait drôlement bien caché son jeu.

Anthony a rappelé, mais sans conviction :

— Il y a aussi une troisième personne qui est toujours vivante. Brigit Patmore.

— Jamais entendu parler. Qui est-elle ?

— Elle fut la maîtresse d'Aldington. Son grand amour.

Le seul commentaire du commandant fut : « Ah. »

11

Pourquoi suis-je retourné à la British Library ? Probablement par dépit. Mrs Patmore avait reporté le rendez-vous qu'elle nous avait fixé et Leonard Woolley ne donnait pas suite à nos appels. Il y avait aussi une autre raison. Lawrence était devenu une sorte de drogue. Plus j'en apprenais sur lui, plus je voulais en savoir. Et j'avais aussi l'espoir – puéril, je le reconnais – de dénicher peut-être, dans le document de Selim, une information, un indice, aussi mince fût-il, qui eût échappé à Meinertzhagen.

Il n'était pas loin de neuf heures du matin lorsque je retrouvai ma place à la table de lecture, sous le regard bienveillant de Mrs Sybille Bowen.

*

Ce fut lors du printemps 1911 que Lawrence fit la connaissance d'une femme qui allait avoir un rôle alors imprévisible dans la Révolte arabe. Comme lui, elle était archéologue et, comme lui, elle jouerait, quelques années plus tard, un rôle politique, mais beaucoup plus discret que celui de Lawrence. Ils se rencontrèrent à Urfa en mai 1911. Elle se nommait Gertrude Bell.

En 1903, six ans avant le premier voyage de Lawrence en Orient, elle était partie pour son premier grand périple archéologique qui l'avait menée de Jérusalem à Baalbek puis, à cheval, d'Antioche à Tarse et Konya.

Elle y est retournée en 1907, puis en 1909 et 1911, et c'est le 18 mai de cette année-là qu'elle rencontre Lawrence à Karkemish.

Elle a appris l'arabe et le persan et maîtrise assez les deux langues pour traduire, et fort bien, Omar Khayyâm, Hafiz et Al-Moutanabi – ce qui était loin d'être le cas de Lawrence. Il semble que ce soit un pasteur syrien protestant, le Rev. Odeh, qui lui enseigna des rudiments d'arabe dialectal syrien, et plus tard, à Jbeil, au Liban, une certaine Farida el-Akl. Or, tout Européen qui maîtrise assez l'un des nombreux dialectes arabes d'Orient sait la difficulté d'un apprentissage aussi bref. Il devait, tout au plus, se « débrouiller ».

Gertrude a évidemment appris aussi à connaître l'Orient. Elle y a gagné la considération des autorités politiques britanniques de la région, et pour cause : c'était une femme remarquablement intelligente. Le sexisme ambiant, surtout en Orient et dans les milieux militaires britanniques, a porté très vite sur les nerfs de cette femme de cinquante ans, féministe et suffragette dans son pays, qui a dénoncé ce qu'elle appelle « le caractère toxique de la sexualité masculine ».

À propos de sexualité, on serait tenté de se demander si Gertrude Bell avait observé dans ce domaine la symétrie avec Lawrence ; la réponse serait malaisée car elle ne s'est jamais mariée, quoiqu'elle fût plaisante. Depuis que ses parents s'étaient opposés, en 1892 – elle avait alors vingt-quatre ans – à son mariage avec le diplomate Henry Cadogan, il semble qu'aucun homme n'ait retenu son attention. Quand elle avait vingt ans, à Bucarest, elle fut l'intime d'une certaine Carmen Sylva, nom de plume d'une personnalité pour le moins complexe qui se trouvait être la reine Élisabeth de Roumanie. Ce fut sans doute son intérêt pour la littérature qui entretint aussi l'amitié de Gertrude Bell pour Vita Sackville-West, amie intime de Virginia Woolf, qui vint s'installer chez elle à Bagdad quelques semaines avant la mort de Gertrude.

Ce fut en 1916 que le vice-roi des Indes recommanda Gertrude Bell au général Lake. Elle se trouvait alors à Basra, en pleine guerre de son pays contre les armées ottomanes. Membre de l'Intelligence Service depuis février, comme Lawrence, elle était officier politique adjoint avec le rang de major, sous les ordres du commandant en chef des forces expéditionnaires indiennes en Mésopotamie. Le « major miss Bell » ne peut cependant être défini comme un « Lawrence féminin » ; bien que grande sportive – elle a dans sa jeunesse escaladé deux fois le mont Blanc, le Dru et le Crépon –, elle ne sera jamais chargée de monter des expéditions contre les voies ferrées turques, par exemple. En mai de la même année, elle est nommée chef de la section Mésopotamie du Bureau arabe, puis elle sera secrétaire orientale de l'administration de la Mésopotamie quand les Turcs auront évacué Bagdad.

Elle partage les idées de Lawrence sur le droit des peuples arabes à disposer d'eux-mêmes. Quand Lawrence vient à Basra en 1916 pour monter sa calamiteuse tentative de corrompre un général turc, afin de libérer les assiégés de Kut-el-Amara, les deux agents se voient souvent et, au cours de « grandes conversations », ils élaborent des plans pour le gouvernement de l'univers, comme elle l'écrit dans son journal.

Ils se reverront souvent, sans pourtant qu'une amitié se développe entre eux ; elle est bienveillante à son égard, le trouve « pittoresque » et lui reconnaît « de la simplicité et de la sincérité ».

En vérité, ils sont fondamentalement différents : Lawrence campe l'image d'un *condottiere* au service de nations étrangères, en contact quasi constant avec les populations car il vit avec leurs membres, à dos de chameau le jour, sous la tente ou à la belle étoile la nuit. Gertrude Bell a eu beaucoup de contacts avec les populations locales, mais elle reste une fonctionnaire fidèle à son pays. Fayçal révéla, après sa mort, qu'elle avait une fois poussé des Bédouins à attaquer une place forte turque et qu'une autre fois, capturée par les Turcs, elle avait réussi à s'enfuir, ce qui dénote une intrépidité de femme d'action mais ne change pas sa condition de fonctionnaire.

En dépit de ces différences, les deux rêveurs anglais s'accordent sur leurs visions du monde arabe. Quand ils se retrouvent à Paris en 1919, Bell partage la contrariété de Lawrence pour ce qui touche à l'indifférence dédaigneuse que les participants de la Conférence de la paix témoignent à Fayçal, à l'exception du président des États-Unis, Woodrow Wilson, qui avait reçu l'émir en audience. Mais, et quelle que soit leur influence, les États-Unis ne sont pas partie prenante dans les questions d'Orient : ils n'ont pas participé aux calamiteux accords Sykes-Picot, et chacun sait qu'ils n'enverront pas de troupes pour défendre les intérêts arabes. La région ne les intéresse pas – ou, plus exactement, pas encore.

Cette entente se fissure toutefois lors des insurrections qui se déclenchent en Mésopotamie, et que Gertrude Bell a plusieurs fois tenté de calmer en allant sur place discuter avec les chefs de tribu. Lawrence, en effet, attribue l'agitation à l'impéritie de l'administration britannique sur place ; il a publié plusieurs articles dans *The Times* et *The Daily Telegraph*, qui exaspèrent Gertrude Bell, comme on peut le vérifier dans son journal. Mais ils n'exaspèrent pas qu'elle : l'article du 8 septembre 1919 dans *The Times* étale en effet, sur la place publique, les incohérences des Alliés. « Il est temps, écrit Lawrence, de trouver un compromis entre les promesses des Anglais au chérif Hussein, les accords Sykes-Picot et les déclarations faites par les Anglais au Caire à sept notables syriens. » Il en est grand temps, en effet, parce que Français et Anglais prennent des initiatives militaires qui ne font qu'exacerber les frustrations des Arabes : en octobre 1919, les troupes britanniques interviennent en Palestine, et un détachement militaire français, sous les ordres du général Gouraud, entre en Syrie. Après les interminables palabres de la conférence dite de la Paix, la France a pris, par la voix de M. Georges Picot, la décision de placer la Syrie sous mandat français, et elle y a donc envoyé des troupes.

Mais Gertrude Bell ne semble pas consciente de l'urgence : dans son journal, à la date du 5 septembre 1920, elle prend Lawrence à partie sur ses idées concernant les Arabes : « Il dit que l'Arabe a du caractère et a besoin d'intelligence. C'est exactement le contraire. Il a beaucoup d'intelligence et ce dont il a besoin, c'est le caractère, et ça, si les gens le savaient… est-ce à quoi la politique du mandat doit suppléer. »

Comme quoi l'un et l'autre considèrent que les Arabes ne sont pas des humains comme les autres : ils partagent le même racisme colonialiste qui ne dit pas exactement son nom. Ils n'en sont pas conscients ; ce racisme est inscrit dans leur culture.

Toutefois, les deux années de guerre dans le Hedjaz ont donné à Lawrence une bien meilleure connaissance de la psychologie des peuples arabes : ils ne veulent d'aucune tutelle européenne ou occidentale. Et, si l'on tarde trop à réaliser les promesses qu'on leur a faites en échange d'un soulèvement contre les Ottomans, les conséquences en seront désastreuses.

Cela étant, il y avait alors bien d'autres sujets qui eussent dû occuper l'esprit de Gertrude Bell.

Dans l'euphorie, d'ailleurs toute relative, qui suit la fin des massacres de la Grande Guerre, les Occidentaux continuent de considérer l'Orient comme une arrière-cour dont les problèmes seraient secondaires. Ainsi, les Américains ont bien constitué une commission consultative pour se tenir informés de ce qui se passe « là-bas » ; cette commission, dite King-Crane, a ainsi sondé l'opinion publique en Syrie en juin et juillet 1919 quant aux solutions qui s'offrent au pays. Les Syriens ont déclaré tout net qu'ils ne veulent pas de ce mandat français dont ils sont menacés, et dont ils savent que c'est le but unique de la France. Mais la commission King-Crane a tellement nuancé ses conclusions que l'hostilité de la Syrie envers la France est oblitérée, et que personne ne prête attention à ce rapport. D'ailleurs, à qui est-il destiné ? Au président américain Woodrow Wilson, qui n'est plus que l'ombre de lui-même depuis l'attaque vasculaire cérébrale qu'il a subie début octobre et qui, de plus, ne s'intéresse pas au Moyen-Orient. Ajoutons que, la commission King-Crane ayant décidé de sonder également l'opinion des populations de Palestine, les sionistes s'y sont opposés. Le rapport de ladite commission finit donc aux oubliettes.

Les déclarations solennelles des vainqueurs sur les droits des Arabes à se gouverner eux-mêmes étaient donc du vent. La guerre est finie depuis plus d'un an, mais les Occidentaux n'en finissent pas de temporiser. Le résultat ne se fait pas attendre.

Le 8 mars 1920, le Congrès national de Syrie déclare qu'il n'acceptera pas le mandat français dont le menacent les troupes du général Gouraud, et il proclame Fayçal roi de Syrie. Il était maître du pays depuis son entrée à Damas le 20 octobre 1918, le voilà roi.

Lloyd George a fait retirer les troupes anglaises de Palestine. Les Arabes se retrouvent donc livrés aux seules armées françaises.

En Europe, les opinions publiques qui avaient été favorables aux Arabes sont dépitées : les Anglais se méfient de « ces gens-là » et, d'ailleurs, toutes ces armées qu'ils entretiennent là-bas leur coûtent trop cher ; les Français vitupèrent contre le nationalisme arabe et les manigances des Anglais.

Le 14 juillet 1920, Gouraud, le vétéran qui a perdu un bras à Gallipoli, prend sa revanche : les troupes françaises avancent en Syrie et battent les troupes de Fayçal à Khan Meyssaloum. Le 25 juillet, elles entrent à Damas et occupent toute la zone qui va d'Alep à Ma'an, près de Hama. Fayçal est chassé. Il gagne la Palestine et part pour l'Angleterre, où il espère convaincre les Anglais d'intervenir. En vain : ceux-ci sont alors occupés à mater l'insurrection en Irak, qui demande l'envoi de forces indiennes importantes.

Lawrence est-il au courant des faits ? Le 1er décembre 1918, Lloyd George a conclu un accord secret avec Clemenceau : en échange de Mossoul et de Jérusalem, il accorde à la France le pouvoir dans la Syrie tout entière, ainsi que les droits que détenaient les Allemands sur la production de la Turkish Petroleum. Autant dire que l'esprit, sinon la lettre des accords Sykes-Picot avait survécu, et que les grandes puissances se partageaient bien le monde.

Le sort de Fayçal avait donc été scellé dix jours après qu'il avait été proclamé roi. Lloyd George avait forfait à sa parole.

Fayçal n'a d'ailleurs pas été soutenu par les Syriens autant qu'il l'espérait : ils lui tiennent rigueur de sa modération et de son recours déterminé à la diplomatie, alors qu'ils attendaient des postures héroïques et des discours enflammés.

Le 1er septembre 1920, Gouraud proclame la création du Grand Liban, ce qui comble les chrétiens maronites du Liban mais certes pas les musulmans, pour qui c'est à la fois une provocation et un non-sens que d'inclure la Syrie dans ce Grand Liban imaginaire.

Les pires appréhensions de Lawrence se sont réalisées.

Il s'en faudrait cependant que l'on puisse le définir comme un visionnaire que la Grande-Bretagne et la France auraient eu le tort de ne pas écouter. En effet, il n'avait pas identifié un autre objet de discorde durable entre ceux qu'il est convenu d'appeler « les Arabes » et l'Occident : la création des bases du futur État d'Israël.

En 1917, on comptait en Palestine, alors sous mandat britannique, vingt-quatre colonies juives. Ce n'étaient pas des colonies de juifs qui vivaient là depuis des temps immémoriaux, non ; elles avaient été fondées par des immigrés récents, principalement venus de Russie. Ils étaient arrivés avant la déclaration Balfour du 2 novembre 1917, fuyant les persécutions de la Russie tsariste et les infâmes pogroms. La création du « foyer national pour le peuple juif » n'avait fait qu'entériner la décision britannique de se concilier les sionistes du monde entier dans l'effort de guerre. Elle correspondait aussi au dessein de créer un État ami sur les anciens territoires ottomans, à proximité de cette artère vitale pour l'empire qu'était le canal de Suez.

Elle fut favorisée par le fait que l'une des personnalités dominantes du mouvement sioniste était un ingénieur juif né en Russie, Chaïm Weizmann, qui avait inventé en 1916 un procédé d'extraction de l'acétone du maïs pour fabriquer de la cordite, explosif essentiel à la fabrication de munitions pour les armées britanniques :

il serait, maintes années plus tard, président de l'État d'Israël.

Lawrence était évidemment au fait de l'existence de ces colonies, ou « *kibboutzim* ». On se souvient de ce qu'il avait écrit à sa mère, huit ans avant la déclaration Balfour, lors d'une tournée en Palestine : « Plus vite les Juifs cultiveront les terres couvertes de chardons de Galilée, mieux cela vaudra. Leurs colonies sont des joyaux dans le désert. »

Il servit même d'interprète à Fayçal lors d'une rencontre de ce dernier avec Chaïm Weizmann, le 11 décembre 1918, et il conseilla à Fayçal de s'entendre avec son interlocuteur et de régler l'immigration juive de manière qu'elle fût tolérable pour les Palestiniens.

Certes, en 1918, la situation dans ce pays était loin de s'être dégradée comme cela adviendrait au XXe siècle et au début du XXIe, mais point n'était besoin d'être grand clerc pour deviner que les rapports entre les musulmans d'Orient et un État juif, créé et soutenu par les Occidentaux, auraient peu de chances d'être jamais harmonieux. Par la suite, Lawrence devint ouvertement favorable aux sionistes.

La myopie est un handicap fâcheux pour les prophètes.

L'occupation de la Syrie vaudra à la France plus de difficultés qu'elle n'en avait escomptées, et les efforts pour rétablir le calme en Mésopotamie coûteront à la Grande-Bretagne six fois plus que la guerre contre la Turquie.

Minces consolations pour Lawrence. Sa dépression latente lui inspira une initiative spectaculaire : il refusa les décorations qu'on lui proposait.

Pour sa part, Gertrude Bell n'avait nullement l'intention de rendre les siennes (elle était titulaire du CBE,

Commander of the British Empire) et ne subissait pas de dépression ; elle survécut fort bien aux désastres de la politique occidentale, et particulièrement britannique, au Moyen-Orient.

N'ayant pas bénéficié de la même mythification que Lawrence, elle est souvent négligée par les biographes de ce dernier ; écoutée de Churchill et des autres responsables de la politique britannique au Moyen-Orient, elle joua pourtant un rôle déterminant dans cette politique, notamment dans la désignation de Fayçal comme roi d'Irak après son éviction du trône de Syrie.

À la conférence du Caire, en mars 1921, elle parvint, aussi bien que Lawrence, à convaincre Churchill que le fils de Hussein était de loin le seul choix offert aux Anglais. Et ce fut elle qui fut chargée, avec sir Percy Cox, d'organiser l'élection de Fayçal, de même que ç'avait été elle qui avait persuadé le chef de la communauté sunnite de Bagdad, la personnalité la plus respectée du pays, de prendre la tête d'un gouvernement provisoire en attendant l'élection du nouveau roi.

Et ce fut encore elle qui veilla à ce qu'il n'y eût pas, dans le nouveau régime, de minorité qui fût oubliée, donc exposée à l'oppression.

Cependant, à ce moment-là, Lawrence ne se souciait plus guère du destin de l'Irak, ni d'aucun autre pays de la région[1].

Singulièrement, Les Sept Piliers de la sagesse s'achèvent en 1919, alors que ce que l'on peut appeler « l'aventure arabe » de Lawrence est loin d'être terminée : Fayçal n'a pas encore été éjecté de son trône ; il a exposé ses

1. Bien après sa mort, on tourna un film, évidemment romanesque, sur la vie de Gertrude Bell, *Queen of the Desert*. Un navet.

revendications à la Conférence de la paix et l'on attend les décisions des grandes puissances. Lawrence décide de tirer parti de la pause pour répondre à l'incitation de Hogarth ; son mentor lui conseille en effet d'écrire l'histoire de la Révolte arabe ; elle sera utile à la cause qu'il défend.

Or, Lawrence avait laissé ses notes et les documents nécessaires dans une cantine au Caire, et résolut de les récupérer. Le général Groves, de l'aviation britannique, lui offrit le passage à bord d'un des appareils Handley-Page dont les escadrilles devaient ouvrir une route aérienne entre le Royaume-Uni et le Proche-Orient. Toutefois, ces appareils étaient mal entretenus.

À l'escale de Centocelle, près de Rome, l'avion à bord duquel se trouvait Lawrence heurta un arbre et s'écrasa sur la piste ; le pilote y laissa la vie. Lawrence aurait subi le même sort s'il n'avait choisi de s'asseoir à l'arrière ; il s'en tira avec trois côtes et une clavicule fracturées ; une des côtes avait perforé un poumon, entraînant une hémorragie et Lawrence dut être hospitalisé.

*

J'ai arrêté là ma lecture. En restituant le manuscrit à Sybille Bowen, une phrase me revint à l'esprit : « Le choix en politique n'est pas entre le bien et le mal, mais entre le préférable et le détestable. »

12

— Bonne nouvelle ! m'annonça Anthony dès que je fus de retour. Sir Leonard Woolley veut bien nous recevoir. Demain, 9 heures. Et Brigit Patmore, samedi.

J'ai accueilli l'information sans joie. J'éprouvais comme une sensation de vide intérieur, comme si, d'avoir plongé dans le labyrinthe arabe, j'y avais laissé une part de mes certitudes. Par quelles sortes d'hommes étions-nous gouvernés ? La « bande de sauvages » à laquelle Lawrence disait appartenir ? Dans ce cas, où allait le monde, vers quel abîme ? Ce que j'avais abordé, au départ, comme un jeu était devenu une obsession.

Nous avons passé l'après-midi à vagabonder dans les rues de Londres, fait un tour à la Tate Gallery qui proposait une exposition consacrée à Turner, et le soir, à l'insistance de Françoise, nous avons dîné, dans un pub, de *fish and chips* arrosé de pintes de Lager. Ce qui n'a fait qu'accroître ma morosité.

Le lendemain, à 9 heures, nous étions reçus par sir Leonard Woolley.

Encore bel homme malgré ses quatre-vingt-deux ans, il avait les traits harmonieux, le regard toujours vif, mais avec un soupçon de sévérité, presque de dureté. Les murs de son bureau étaient tapissés d'étagères croulant sous les livres. L'une d'entre elles était exclusivement consacrée à ses œuvres ; et elles étaient nombreuses. Un ouvrage attira tout de suite mon regard : *Le Désert de Sin*, écrit en collaboration avec T. E. Lawrence.

À peine étions-nous assis qu'il déclara, sans ambages :

— Richard m'a parlé de votre quête. Vous n'êtes pas vraiment sérieux ? Vous imaginez bien que ce manuscrit n'existe pas.

Nous étions mal partis. J'ai essayé de rattraper le coup.

— Nous nous intéressons surtout à Thomas Edward.

— T. E. ? Mais tout a été dit et redit sur son compte. Le pire et le meilleur. Qu'espérez-vous apprendre de plus ? Maso, mythomane, égocentrique, fou, parano, diva, névrosé et homosexuel invétéré. Il était tout cela à la fois. Et l'on se demande qui diable désigna Lawrence, au *Who's Who* de 1921, comme « prince de La Mecque ». Titre qui aurait pu entraîner de redoutables contestations et qui disparut l'année suivante de la notice « T. E. Lawrence ». Les fiches de cet annuaire ne sont rédigées que par les intéressés. Lawrence s'était donc autodésigné « prince de La Mecque ».

On ne pouvait être plus clair.

Françoise questionna prudemment :

— Comment l'avez-vous connu ?

— En 1912 ou 1913, je ne sais plus. J'avais été envoyé à Karkemish pour participer aux fouilles aux côtés de David Hogarth. J'avais été son adjoint à l'Ashmolean, à Oxford. C'est là que j'ai fait la connaissance de T. E. Il était mon cadet de huit ans.

— Et vous êtes devenus amis…

Woolley fut la moue.

— Si l'on veut.

— Ensuite ?

— Au mois de juin, je suis rentré en Angleterre, puisque la chaleur nous obligeait à suspendre les fouilles. Pour des raisons personnelles, Lawrence a préféré rester sur place. Il avait d'autres intérêts.

J'ai suggéré :

— Dahoum ?

L'archéologue se contenta d'un hochement de tête.

— Je suis revenu à Karkemish en septembre.

— Et c'est à ce moment que vous avez découvert la statue en calcaire réalisée par Lawrence.

Il opina, avant de commenter, avec une expression qui frisait le mépris :

— J'en ai même pris une photo. Procéder comme T. E. le faisait était déjà assez navrant, mais représenter nu ce garçon était infamant.

Il balaya l'air de la main comme pour chasser quelque chose, et enchaîna :

— C'est le passé. En janvier 1913, j'ai retrouvé Lawrence qui travaillait aux côtés de Flinders Petrie. Nous y sommes restés jusqu'au mois de juin, date à laquelle Lawrence est parti pour l'Angleterre.

— Avec Dahoum et cheikh Hamoudi.

Leonard opina derechef.

— À ce que je vois, vous semblez connaître l'histoire aussi bien que moi.

— Il semble que Lawrence avait la réputation de ne pas être un personnage facile. Vous le confirmez, j'imagine.

Woolley grimaça un sourire.

— Disons qu'il était insupportable. La suffisance avec laquelle il parlait de lui-même nous paraissait d'un goût douteux, et mes collègues et moi-même ne nous sommes pas gênés pour le lui dire. En guise de réaction, il se murait alors dans un silence boudeur. Pendant la campagne de Karkemish, et sur proposition de Hogarth, nous avons reçu l'ordre d'organiser une mission archéologique dans le Sinaï, financée par le Fonds d'exploration de la Palestine. On nous avait adjoint trois autres collègues : George Lloyd, un politicien d'extrême droite, ami de Gertrude Bell et futur haut-commissaire en Égypte ; Aubrey Herbert, politicien lui aussi, et le capitaine Stewart Newcombe. En décembre 1914, deux mois après l'entrée en guerre de la Turquie, il a été décidé de renforcer les services de renseignement au Caire. Nous avons été mutés en Égypte où, assez vite, on nous surnomma « les cinq mousquetaires ».

Il se tut avant de reprendre, comme si l'idée venait soudain de surgir :

— Il me revient le souvenir d'une triste mésaventure que Lawrence a connue. Cela s'est passé plus tard, en décembre 1915. Quelques mois auparavant, une armée de Britanniques et de Sikhs, valeureux guerriers indiens, était partie des Indes, avait franchi le Sud de la Perse et, remontant le Tigre, était arrivée en Mésopotamie sous le commandement du général Townshend. Un clown marié à une Française, meilleur joueur de banjo que stratège. Le but de cette expédition était de prendre les Turcs à revers par l'est, avec le soutien des Russes. Les Turcs, en effet, ne s'attendaient à être attaqués que par l'ouest et le nord. Les circonstances semblaient propices, les Russes venant de s'emparer de la ville turque d'Erzeroum et avançant vers l'Anatolie ; et l'on supposait que cette défaite ne manquerait pas d'affecter le moral des troupes turques. Après un départ victorieux, l'armée de Townshend fut décimée par la dysenterie et la malaria, lors de la traversée de territoires marécageux où ils n'avaient guère été aidés par les populations, hostiles aux militaires européens autant qu'aux Turcs ; puis le manque de transports et une tactique erronée l'avaient encore plus entravée. Les Turcs parvinrent à cerner les Anglais et les forcèrent à se retrancher dans la ville de

Kut-el-Amara, dans le sud de Bagdad. Là, faute de vivres, l'armée de Townshend se retrouva dans une position désespérée. La reddition semblait inévitable. Les assiégés reçurent bien quelques caisses de vivres larguées par aéroplane, mais en quantités insuffisantes. Des officiers suggérèrent d'augmenter ces envois ; personne n'en tint compte. L'incompétence du commandement anglo-indien n'avait d'égale que l'impuissance bureaucratique de l'état-major impérial. À la demande du ministère de la Guerre, le haut-commissaire en Égypte, McMahon, décida alors d'envoyer à Kut-el-Amara Lawrence et le capitaine Aubrey Herbert, qui était turcophone. On leur donna pour mission de soudoyer Khalil Pacha, le général qui commandait les troupes ottomanes, en lui proposant la somme faramineuse d'un million de livres. En échange de quoi, le Turc accepterait de desserrer son étau autour de la ville. Parvenu en Mésopotamie, Lawrence y a été accueilli par l'état-major local comme un chien dans un jeu de quilles. Je crois bien qu'il l'a raconté lui-même dans Les Sept Piliers. Il a tout de même réussi à obtenir un entretien avec le général Khalil Pacha. Accompagné d'Aubrey Herbert et précédé d'un drapeau blanc, il franchit les lignes. Quand ils arrivent aux avant-postes turcs, on leur bande les yeux pour les conduire au QG de Khalil. Là, Lawrence et Herbert lui font part de l'offre anglaise et proposent un échange de prisonniers. Khalil Pacha en réfère à son ministre de la Guerre, Enver Pacha, qui lui donne l'ordre de rejeter l'offre et de refuser de reprendre les prisonniers arabes, déclarant qu'ils ne valent pas mieux que des déserteurs et qu'ils seront jugés et fusillés s'ils reviennent dans les rangs turcs. À la fin de l'entretien, il ironise : « Après tout, messieurs, comme constructeurs d'empires, nos intérêts se rejoignent, et rien ne doit nous rendre hostiles les uns aux autres. »

Le sort des assiégés était scellé. Le 29 avril 1916, le général Charles Townshend fut contraint de se rendre. Ce fut l'une des plus cuisantes humiliations de la guerre : des milliers de morts et de blessés, et plus de onze mille prisonniers ; presque tous des cipayes indiens ou des Gurkhas. Bref, cela pour vous dire que la première mission officielle à laquelle Lawrence participa fut un cuisant échec[1].

Anthony objecta :

— Pardonnez-moi, sir Woolley, je vous trouve un peu sévère. On ne peut lui imputer le refus d'Enver Pacha. Il n'y pouvait rien.

L'Anglais laissa échapper un ricanement.

— Le bonhomme est un *loser*. Pour preuve, le 12 août 1914, Thomas Edward se trouvait à Oxford, neuf jours avant son vingt-sixième anniversaire ; il y était revenu depuis juillet. En dépit de la tension de plus en plus forte entre Anglais et Allemands, il espérait reprendre les fouilles à Karkemish ; mais la déclaration de guerre à la Turquie de la Grande-Bretagne, puis de la France et de la Russie, dans la première semaine de novembre 1914, avait mis fin à ses espoirs. Comme ses frères, comme toute la jeunesse des îles Britanniques, il fut saisi par l'ardeur patriotique. Il se présenta deux fois au recrutement comme élève officier ; deux fois, il fut rejeté en raison de sa « constitution trop délicate pour le front ». Quand ils ne font pas l'impasse sur ce rejet, ses hagiographes s'indignent de cette « rumeur ». Ils nient le fait que leur héros ait été jugé trop chétif pour être soldat. La vérité, selon eux, serait qu'il y avait

1. Le centenaire de la victoire de Kut-el-Amara fut célébré le 29 avril 2016, à Istanbul, par le président Erdoğan et le Premier ministre Ahmet Davutoğlu.

surabondance de recrues. Or, je peux vous affirmer que la surabondance de recrues n'était certes pas la cause du rejet de Lawrence par les bureaux de recrutement. Et pour cause, ils avaient, pour augmenter le nombre des volontaires, abaissé la taille requise de cinq pieds six pouces à cinq pieds cinq pouces, c'est-à-dire très exactement 1,65 mètre. Or, Lawrence mesurait 1,66 mètre. C'est donc bien son aspect chétif qui fut la cause de son rejet. D'ailleurs, blessé dans son amour-propre, il s'en ouvrit à Hogarth qui suggéra au colonel Hedley, chef de la section de Cartographie à l'état-major, à Whitehall, de prendre Lawrence à l'essai. Il fut donc employé au ministère de la Guerre, mais en tant que fonctionnaire.

En écoutant les propos de sir Woolley, je ne pus m'empêcher de faire un parallèle avec ceux que me tenait Alan Carswell. Il y avait cette même volonté de dénigrer T. E. À la différence que, chez Woolley, la jalousie n'était pas absente.

Il poursuivit, soudain devenu intarissable :

— Il faut que vous sachiez que lorsque, en 1916, le chérif déclara l'indépendance du Hedjaz, Lawrence et le gouvernement de Sa Majesté n'y étaient pour rien : la décision avait été prise par Hussein. Les promesses de McMahon et de son successeur Wingate n'ayant pas été tenues, il avait décidé de mener seul la Révolte, avec l'aide du Tout-Puissant. Une décision cependant téméraire : les Turcs avaient dépêché des troupes en Arabie par la voie ferrée Damas-La Mecque. Ils s'étaient installés à Médine et menaçaient d'occuper la ville sainte de La Mecque.

« Ces événements sont rapportés de façon parfois confuse et disparate par les adorateurs de Lawrence, ainsi que par Lawrence lui-même. Il existe deux raisons probables à ce brouillage savant. La première est de minimiser l'initiative arabe jusqu'à l'intervention des Anglais et à l'entrée en scène de Lawrence. « Sortis de leurs montagnes, les Arabes sont nuls », me répétait T. E., qui jugeait qu'ils étaient trop individualistes. Et d'arguer que les Bédouins ne pouvaient s'adapter à la guerre moderne. La seconde raison du brouillage est que, pour Londres et Paris ainsi que leurs états-majors orientaux, la déclaration de guerre du chérif Hussein n'était qu'une rodomontade sans intérêt stratégique majeur. Comment ces gens du désert, sachant à peine se servir d'un fusil et ignorant l'usage du télégraphe, auraient-ils pu constituer une menace sérieuse pour l'armée turque, qui avait été dûment modernisée ? De surcroît, la politique et la stratégie des Anglais et des Français, dans les opérations qui suivirent la Révolte, sont un exemple déplorable de confusion, de courtes vues et de rivalités qui portent à se demander comment ils se tirèrent jamais d'affaire. La totalité des biographes de T. E. le présentent comme le héros du soulèvement arabe, voire son instigateur, un homme qui aurait été un Arabe de cœur et dont le courage obstiné aurait permis au peuple qu'il aimait de conquérir enfin sa liberté… C'est excessif ! Voire absurde.

Je gardais le silence. Je ne partageais ni l'exaspération d'Alan Carswell, ni celle de sir Woolley. Il devait y avoir un juste milieu.

Notre hôte nous demanda :

— Avez-vous entendu parler du carnage que Lawrence a déclenché contre la 4e colonne de l'armée turque ?

Françoise fut la première à répondre :

— Je suppose que vous faites allusion à la scène du film où les Bédouins se lancent à l'assaut d'un train après l'avoir immobilisé ?

— Sauf qu'il ne s'agit pas de fiction, mais de réalité. T. E. décréta qu'il n'y aurait pas de prisonniers. Or, des prisonniers, il en avait fait une centaine. Dans un accès de folie sanguinaire, ils furent tous exécutés sur-le-champ. Il déclare lui-même : « Les Arabes combattaient comme des diables, aveuglés de sueur, la gorge desséchée par la poussière ; la flamme de cruauté et de vengeance qui brûlait en eux les tordait tant que leurs mains pouvaient à peine tirer. Sur mon ordre, nous ne prîmes pas de prisonniers, pour la première fois de notre guerre. »

Il fit une pause, puis :

— C'était contraire aux principes militaires britanniques. Peu importait : les Bédouins ne se battaient pas sous la bannière des Anglais. Mais l'horreur de la scène demeure. Si la fièvre avait, dans l'action, altéré son sens de la discipline, il eût pu, relisant ses épreuves, supprimer une scène du chapitre suivant où il observe des chameaux en train de paître. « À ce moment-là, je détestai ces animaux, car trop de nourriture leur donnait mauvaise haleine et ils régurgitaient chaque fois en rotant la dernière bouchée qu'ils venaient d'avaler, jusqu'à ce qu'un reflux de salive verte dégouttât de leurs lèvres molles et coulât sur leurs mâchoires pendantes. » Pourquoi ne s'était-il donc pas éloigné d'eux ? Il y a aussi cet autre épisode où Lawrence, en proie à une crise de paludisme, fait avouer à un Bédouin, Hamed, qu'il est coupable du meurtre d'un autre Bédouin et, sur ce, décide de le punir lui-même. Il lui tire une balle dans la poitrine puis l'achève d'une autre balle dans la gorge, « sous la mâchoire », précise Lawrence lui-même. Scène déplaisante où l'auteur croit sans doute être réaliste en écrivant que sa victime « tomba sur l'herbe en criant, tandis que le sang jaillissait sur ses vêtements ». Sa soudaine sauvagerie surprend évidemment.

Mais peut-être était-ce un trait obscur de Lawrence. Vous devinez la réponse, je suppose ?

Nous avons répondu par la négative, alors il quitta son fauteuil, alla vers un petit meuble et récupéra deux feuillets.

— Tenez, nous dit-il, ce sont des copies de lettres, mais vous pouvez les garder. Elles vous éclaireront bien mieux que mes explications.

Et, comme il ne regagnait pas sa place, nous avons compris qu'il mettait fin à notre entrevue.

13

26 octobre 1934

Cher Monsieur,

Je vous suis très reconnaissant du long et minutieux rapport que vous m'avez envoyé sur votre visite en Écosse, et pour votre gentillesse d'avoir accepté d'y aller avec le garçon. Je joins une prime de trois livres que vous accepterez, je l'espère, à titre de compensation pour vos ennuis et inconvénients.

D'après ce que vous me dites, et d'après les rapports de ceux qui ont examiné Ted depuis, il est clair qu'il a eu droit à une raclée sonore, ce qui, après tout, était ce qu'il voulait. Je veux croire qu'il aura retenu la leçon et ne nous obligera pas à la répéter. Veuillez saisir toutes les chances que son amitié vous accorde pour lui faire comprendre à quel point il n'est pas bien pour lui, étant donné son âge et son statut, de nous forcer à utiliser à son encontre ces mesures d'écolier. Il devrait avoir honte de lever la tête parmi ses camarades, sachant qu'il a subi une punition si humiliante et si indigne. Essayez de lui faire entendre raison. (Les détails des coups de martinet qu'il a subis suivront.) Hills rapporte qu'après la séance Ted a crié très fort et a demandé grâce. Pouvez-vous le confirmer et me rapporter les termes exacts de ses propos ?

Une dernière question, aussi, si vous êtes d'accord sur le principe, sommes-nous arrivés à la fin de nos ennuis avec le garçon ? Sinon, devons-nous donner à Hills carte blanche ? Ou, selon vous, des mesures limitées suffiront-elles ? Est-il possible de faire confiance à Hills ou dois-je chercher ailleurs ? Et dans ce cas, pensez-vous que votre ami serait disponible ou à la hauteur ?

Merci encore pour votre gentillesse.

Bien à vous.

Très sincèrement.

16 novembre 1934

Cher Monsieur,

Je dois m'excuser d'avoir mis si longtemps à répondre au rapport supplémentaire que vous avez bien voulu me faire parvenir. Vos informations étaient exactement celles dont j'avais besoin, et je vous en suis très reconnaissant.

Vous avez éveillé ma curiosité par votre remarque. Vous semblez laisser entendre qu'il y aurait quelque chose qui pourrait remplacer le châtiment corporel si Ted venait à bien se comporter ? Vous devez comprendre que c'est une question de première importance pour moi et pour Ted. Selon la promesse que je lui ai faite, aucune rencontre entre nous n'est possible. En revanche, si vous pouviez me communiquer vos explications par courrier, vous m'endetteriez davantage. Je note ce que vous dites sur Hills, et cela ne fait que confirmer ma propre impression. Vous vous souviendrez que la dernière punition ne s'est pas révélée suffisante, non de votre faute ou de celle de Ted, mais en raison de l'inadéquation de la ceinture qui aurait mieux convenu à un adulte qu'à un grand garçon. Malheureusement, vous ne pouviez le prévoir à ce moment-là. Je ne sais évidemment pas ce que le remède auquel vous faites allusion pourrait corriger. S'il était efficace, il pourrait nous épargner de cette punition à répétition.

J'imagine que votre ami n'est pas encore disponible et il ne serait pas juste, vis-à-vis de ce jeune homme, de vivre avec cette punition suspendue au-dessus de sa tête mois après mois. Et pourtant, cela serait également impossible pour moi, puisque je lui en ai fait solennellement la promesse. Je tiens toujours mes promesses, et j'ai fait en sorte que Ted le sache. Je vous prie donc de m'accorder votre confiance et je vous prie également de vous renseigner sur les disponibilités de l'ami qui vous a aidé la dernière fois afin que je puisse, le cas échéant, m'adresser à lui.

Cordialement.

11 janvier 1935

Cher Monsieur,

Votre lettre m'a fait comprendre que je me suis montré peut-être trop dur avec Ted, en répétant sa punition à courts intervalles. Ainsi, après réexamen, je l'ai informé que la prochaine serait reportée indéfiniment. Je lui ai demandé de vous prévenir et de vous signaler que votre aide ne sera pas requise dans l'immédiat. Nous allons faire preuve de patience et voir si le garçon justifie notre gentillesse. Je n'ai pas besoin de vous dire que je vous suis très obligé d'être prêt à assumer cette responsabilité supplémentaire. Je vous appellerais si le comportement de Ted l'exigeait. Permettez-moi cependant de corriger un malentendu qui s'est glissé dans votre lettre. À moins que Ted ne soit totalement nu, le martinet est assez inefficace. Les lanières sont si fines que même les vêtements les plus légers les empêchent de toucher la peau. Je comprends parfaitement votre réticence à le dénuder. Je me décide donc à vous demander d'utiliser soit la verge de jute de votre ami (dont vous m'avez parlé dans une lettre précédente), soit un fouet pour chien que je pourrais vous envoyer par la poste.

Si l'urgence survient, j'accepterai que Ted vienne vous voir en flanelle.

Cordialement.

— C'est hallucinant ! se récria Françoise en déposant les lettres sur la table basse. Qu'est-ce que c'est que cette histoire ? Qui sont ce Hills, et ce Ted ?

Anthony partit d'un fou rire. Ou alors, était-ce un rire nerveux ?

— Nous voilà rendus chez le marquis de Sade.

J'ai décroché le téléphone.

— Que fais-tu ? s'inquiéta Françoise.

— J'appelle notre gentleman. Je suppose qu'il sait qui est l'auteur de ces lettres.

Quelqu'un m'a répondu. J'ai demandé à parler à Leonard Woolley. On m'a fait patienter quelques minutes pour me répondre : « *Sorry*, mais sir Woolley se repose, rappelez demain. »

Nous étions mercredi. J'ai rappelé tous les jours, jusqu'au samedi midi. Sans succès. Manifestement, le sieur Woolley ne voulait plus entendre parler de nous.

— Nous allons être en retard, grogna Anthony. Je te rappelle que Brigit Patmore n'habite pas au coin de la rue. Nous en avons pour une heure de train.

Ce n'est pas sans raison que le Surrey a la réputation d'être un paradis vert, pas étonnant non plus que la région ait inspiré une pléiade d'écrivains tels que Conan Doyle, le père de Sherlock Holmes, Jane Austen ou Walter Scott. On est aux portes de Londres, et pourtant, on a l'impression d'être à mille lieues de la capitale.

Brigit Patmore n'avait plus les cheveux roux, mais blancs ; en revanche, elle avait conservé ses yeux verts, et l'on pouvait lire entre ses rides qu'elle avait été très belle. Mais le plus frappant était sa voix ; une voix un peu voilée, très douce, qui lui conférait un charme magnétique.

Lorsqu'elle a su que Françoise et moi étions français, j'ai vu une grande lueur s'animer dans son regard. Elle avait soudainement vingt ans.

— Ah, mon Dieu, que de souvenirs là-bas ! Quelle ville magnifique que Paris… Vous avez bien de la chance !

Ce fut Françoise qui se dévoua pour lui expliquer le motif de notre visite. Quand elle prononça le nom de Richard Aldington, la lueur qui avait surgi dans les yeux de Brigit se transforma en soleil.

Elle répéta à plusieurs reprises : « Richard, Richard… », puis :

— Savez-vous qu'il fut mon plus grand amour ? Parfois, certaines nuits, il m'arrive encore de rêver de lui. Vous ne me croirez pas, mais j'ai rêvé de lui la veille de sa mort. C'est incroyable, n'est-ce pas ? J'ai eu l'impression qu'il était dans ma chambre et qu'il se tenait près de mon lit.

Nous n'avons pu que compatir.

Elle enchaîna :

— J'aurais bien aimé écrire un recueil à propos des gens merveilleux que j'ai connus à Paris ou à Londres.

Elle cita :

— Hemingway, Ezra, Yeats, T. S. Eliot, Richard bien sûr, et Lawrence[1].

Anthony s'exclama :

---

1. Ce sera Derek, le fils de Brigit, qui rédigera et publiera les mémoires de sa mère en 1968 sous le titre *My Friends when Young: The Memoirs of Brigit Patmore* (éditions Heinemann, 1968).

— Lawrence ? *Le* Lawrence auquel Richard a consacré une biographie ?

Brigit se mit à rire.

— Non. L'autre. L'auteur de *L'Amant de lady Chatterley*. D. H. Lawrence. David Herbert. Celui d'Arabie, j'en ai seulement entendu parler par Richard. Qu'est-ce qu'il me rebattait les oreilles à son sujet... C'était obsessionnel ! J'en étais arrivée à en être jalouse.

Je me suis risqué à poser la question qui brûlait mes lèvres :

— À tout hasard, vous a-t-il jamais parlé d'un manuscrit égaré, celui des Sept Piliers de la sagesse ?

— Ah non, jamais. De quoi s'agit-il ? Le livre a bien été publié, non ?

J'ai confirmé puis elle a enchaîné avec une discussion autour des personnages célèbres qui avaient côtoyé sa vie, de ses amours, de la poésie et, toujours et encore, de Paris.

Au bout d'une heure, j'ai fait signe discrètement à Anthony et Françoise. Il était inutile de s'éterniser. Mrs Patmore ne nous apprendrait rien que nous ne sachions déjà.

Alors que nous nous dirigions vers la porte, par je ne sais quel élan irraisonné, ou inspirée par ce fameux instinct féminin, Françoise a sorti de son sac les lettres que nous avait confiées sir Woolley et les a soumises à Brigit.

— Est-ce que, par hasard, vous sauriez qui pourrait être l'auteur de ces lettres ?

L'octogénaire alla chercher ses lunettes en s'excusant, puis elle les parcourut et, à notre grande surprise, elle partit d'un grand éclat de rire.

— Ted n'existe pas ! Hills non plus. Ce sont les mêmes personnes : Thomas Edward. Votre Lawrence.

J'ai bégayé.

— Vous… voulez dire que…

— C'est Richard qui avait découvert le pot aux roses. Vers 1922, à Aberdeen, une petite entreprise laitière dirigée par la famille Bruce a dû déclarer faillite. Les voisins se sont alors rassemblés pour voir ce qu'ils pouvaient faire pour les aider. Le médecin local a pris sous sa protection le cadet de la famille Bruce, John, un garçon de dix-neuf ans au caractère trempé et indépendant. Il organisa pour lui un rendez-vous à Londres auprès d'un banquier de la City. L'entrevue s'est déroulée dans un appartement de Brook Street qui appartenait à l'époque à une personne du nom de Francis Rodd, un ami de T. E. Lawrence. Elle avait été organisée par un dénommé Edward Murray. Mais une troisième personne était présente : un petit homme à l'aspect anodin, que Murray présenta à John Bruce comme étant Mr Lawrence.

— T. E. ?

— Lui-même. Lawrence n'a pas prononcé un seul mot durant toute l'interview. Au terme de la rencontre, John Bruce est rentré chez lui à Aberdeen où, quelques jours plus tard, on lui fit savoir que sa candidature n'était pas retenue. En revanche, lui a-t-on indiqué, Mr Lawrence aurait une proposition à lui faire, mais à la condition de vérifier ses aptitudes. Lawrence tenait absolument à ce que la rencontre ait lieu à l'appartement de Brook Street, à 19 h 30 le vendredi suivant. Bruce devait s'y rendre sans argent et sans billet de train. On lui fit parvenir 10 shillings qu'il ne devrait utiliser « qu'en cas d'urgence ». Et Lawrence précisa que si le garçon n'était pas à l'heure, le rendez-vous serait purement et simplement annulé.

« Bruce s'est débrouillé pour se faire engager comme distributeur de sandwichs dans le bus qui reliait Aberdeen à Londres. La première question que Lawrence lui a posée fut : "Sais-tu qui je suis, sais-tu quoi que ce soit sur moi ?" Bruce répondit qu'il ne savait rien. Ce qui était le cas. Alors, Lawrence lui a expliqué qu'il avait été colonel dans l'armée et qu'il avait occupé des missions importantes. Il a ajouté qu'il connaissait de graves difficultés financières, qu'il pourrait avoir à se soumettre à "des choses désagréables et qu'elles seraient méritées".

« Il expliqua aussi qu'il était à la recherche de quelqu'un qui saurait faire preuve de discrétion, quelqu'un de "fort" et d'"alerte" qui ferait exactement ce qu'on lui demanderait. Quelqu'un à qui l'on pouvait faire confiance, car il s'agissait d'une affaire hautement confidentielle. Quelqu'un qui saurait prendre soin de sa personne. Et Lawrence a conclu en disant : "Tout ceci sera parfaitement légal et irréprochable."

« Dès le lendemain, John Bruce a téléphoné à son père pour lui demander conseil. Le père a aussitôt consulté le médecin qui avait été à l'origine du rendez-vous avec le banquier de la City, lequel lui a répondu : "Rassurez-vous, votre fils sera en sécurité avec Lawrence." John a donc accepté la proposition.

« Il fut soumis à un stage de trois mois avec un salaire de 3 livres par semaine et…

— Un stage ? s'étonna Anthony. De quelle sorte ?

— Je n'en sais rien. Je ne fais que vous relater les propos de Richard. Le stage terminé, John reçut l'ordre de retourner à Aberdeen et d'attendre les instructions. Trois semaines plus tard, il reçut un télégramme signé de Lawrence, qui disait : « Union Jack, dimanche, sans faillir. » L'Union Jack était un club sur Waterloo Road. Quand il fut rendu sur place, Lawrence lui remit douze lettres. Sur chaque enveloppe était indiqué le lieu d'où elle serait postée et la date. Puis Lawrence annonça qu'il devait se rendre en Égypte pour récupérer une somme d'argent qui lui appartenait.

Brigit marqua une pause, avant de reprendre :

— Apparemment, selon Richard, Lawrence aurait passé les semaines suivantes à essayer désespérément de trouver un engagement à la RAF, les lettres confiées à John n'étant que des missions fantaisistes imaginaires. Il fallait bien confirmer la prétendue affaire « hautement confidentielle ». Lawrence a revu John et se met à lui raconter l'histoire à dormir debout d'un sien parent, dit « le Vieux », qui voudrait le faire châtier et à qui il faudrait rendre compte du châtiment. Il ajoute qu'il est indispensable d'obéir au Vieux, sinon Lawrence, né bâtard, serait déshonoré et ruiné. Il conclut : « Les verges seront envoyées par la poste. »

J'ai voulu réagir, mais Brigit me stoppa dans mon élan.

— Il se fait que John Bruce a vendu ce récit au *London Sunday Times*, dans lequel il affirme avoir été chargé et payé par Lawrence pour le fouetter régulièrement. Il précise que les coups étaient administrés « comme à un écolier », sur les fesses nues, et que ce traitement aurait duré – toujours selon Bruce – jusqu'à la mort de Lawrence. Voilà l'explication de vos lettres.

— Et qu'en pensait Richard ? s'enquit Françoise, éberluée.

— Il n'en croyait pas un mot. Lawrence était connu pour avoir un style d'écriture irréprochable, voire d'une grande élégance. Or, ces fameuses lettres sont bourrées de fautes, tarabiscotées, œuvres d'un homme de peu d'instruction. Il n'est pas impossible que Lawrence ait fait des confidences à Bruce, puisque apparemment il l'aurait connu à l'époque où tous deux étaient dans les

Tankers, mais guère plus. En vérité, toute cette affaire a été déclenchée par deux journalistes, Philip Knightley et Colin Simpson, qui ont publié un ouvrage intitulé *Les Vies secrètes de Lawrence d'Arabie*, censé faire état de révélations jusqu'alors ignorées sur le comportement intime du célèbre « prince de La Mecque ». Mais, toujours selon Richard, c'est un ramassis de sornettes.

Le silence est retombé.

Dans le train qui nous ramenait à Londres, nous avions la mine plutôt grise, forcés de reconnaître que notre quête aboutissait à un cul-de-sac. Certes, Lawrence n'avait presque plus de secrets pour nous, et les voiles qui recouvraient son portrait s'étaient quelque peu estompés. Mais *quid* du fameux manuscrit de Reading ? En arrivant à Londres, sans nous concerter, nous étions parvenus à la même conclusion : Richard Aldington avait fait fausse route. Ce manuscrit avait bel et bien été égaré.

14

Avant de repartir pour Paris, j'ai tenu à me rendre une dernière fois à la British Library, afin de finir de lire les pages rédigées par cet auteur inconnu. Je ne me faisais aucune illusion. Elles ne m'apprendraient rien de nouveau. Mais, comme si je me refusais à me séparer de Lawrence, j'ai voulu le retrouver une dernière fois.

Toute sa vie, Lawrence aura éprouvé deux haines également farouches : celle des Turcs, qui ont conquis le monde arabe au XVe siècle, et celle des Français, dont il soupçonne les visées sur la Syrie et le Liban. Si les Turcs ont confisqué l'indépendance du monde arabe dans le passé, les Français, à ses yeux, menacent son unité future et compromettent ainsi son rêve d'émancipation arabe. Sans doute ces sentiments sont-ils partagés par ses compatriotes britanniques. Mais l'hostilité qu'ils ressentent à l'égard de la France et de la Turquie relève d'une autre raison : ces deux pays s'opposent à l'érection d'un vaste domaine anglais, qui irait de la Méditerranée à l'océan Indien ; tandis que l'inimitié de Lawrence naît de ce qu'ils compromettent son rêve d'émancipation arabe. Quelqu'un a dit un jour que « Lawrence partageait les haines des autorités britanniques, mais les autorités britanniques ne partageaient pas son amour ». On ne saurait mieux dire : cet état de choses est la racine d'une ambiguïté qui portera des fruits empoisonnés.

Lawrence pouvait penser, en toute bonne foi, que l'Orient, une fois la paix rétablie, se constituerait en une fédération de royaumes indépendants, régis par des princes de la dynastie hachémite – Hussein, Ali, Abdallah, Fayçal –, mais associés à la Grande-Bretagne par des traités d'amitié, en reconnaissance de la part qu'elle aurait prise dans leur libération. Or, au lendemain de la prise d'Akaba, Lawrence avait appris par des amis personnels une nouvelle stupéfiante : les Alliés avaient conclu, le 16 mai 1916, un accord secret entre sir Mark Sykes et M. Georges Picot, en vertu duquel la France recevrait la Syrie et le Liban, tandis que l'Angleterre se verrait attribuer la Mésopotamie, la Jordanie et la Palestine. Et ce n'était pas tout. En novembre 1917, lord Balfour, secrétaire d'État aux Affaires étrangères de Sa Majesté, a publié une lettre d'intention indiquant que le Royaume-Uni se portait favorable à la création en Palestine d'un foyer national pour le peuple juif. Cet engagement réduisait à néant toutes les promesses faites antérieurement aux Arabes. Lawrence était brisé. Il déclara qu'il n'avait jamais été officiellement averti, ni même amicalement informé du traité Sykes-Picot. « Mais, ajoute-t-il, comme je n'étais pas absolument idiot, je voyais bien que, si nous gagnions la guerre, les promesses faites aux Arabes seraient un chiffon de papier. Si j'avais été un conseiller honnête, j'aurais dû renvoyer mes hommes chez eux au lieu de les laisser risquer leur vie pour ces histoires douteuses. Mais l'enthousiasme arabe n'était-il pas notre meilleur atout dans cette guerre du Proche-Orient ? J'affirmai donc à mes compagnons de lutte que l'Angleterre respecterait la lettre et l'esprit de ses promesses. Rassurés là-dessus, ils se battirent vaillamment. Pour moi, loin d'être fier de ce que nous faisions ensemble, je ne cessais de remâcher une amère honte. »

Cette honte, il ne cessera de la « remâcher » jusqu'à sa mort et la portera en lui comme une plaie secrète, encore envenimée par ses remords et ses ruminations.

En tout cas, l'impensable advint : à son retour en Angleterre, Lawrence fut expulsé une seconde fois de l'aviation. Des relations furent sollicitées pour annuler cette mesure. Fin septembre 1929, lors d'un entretien avec Lawrence, le maréchal lord Trenchard l'informa que ce serait possible aux conditions suivantes : ne pas prendre l'avion, ne pas sortir du pays, même pour aller en Irlande, ne parler ni ne rendre visite à aucune personnalité publique telle que Winston Churchill, Austen Chamberlain, lord Birkenhead, sir Philip Sassoon, lady Astor, tous personnages tories, c'est-à-dire dans l'opposition.

« Et George Bernard Shaw, est-ce qu'il figure parmi ces personnalités ? », demanda Lawrence.

Trenchard répondit que non. On rapporte que Shaw, l'apprenant, en fut froissé.

Bref, le personnage de « Lawrence d'Arabie » était biffé du tableau : les libertés de mouvement et de communication lui étaient retirées. S'il voulait regagner la RAF, il devait se résoudre à n'être qu'un simple soldat de première classe, le troufion de base.

Onze ans après la fin de la guerre, il ne restait visiblement rien de son prestige : un ministre pouvait se permettre de le mettre à la porte de la RAF pour la seconde fois et lui imposer des sanctions d'une sévérité inouïe, sans que personne ne protestât.

Il y avait sans doute eu beaucoup d'Anglais de son âge, pour ne parler que d'eux, pour qui la célébrité de Lawrence était injustifiée, une fabrication. En octobre 1930, il parvint à persuader ses supérieurs de prendre possession de bâtiments sur la côte est de l'Écosse, afin d'y installer des stations d'hydravions. La promotion qu'il y gagnait fut cependant suspendue quelque temps quand un hebdomadaire annonça ses nouvelles fonctions ; le ministère de l'Air était particulièrement sourcilleux sur la question de discrétion.

Lawrence semblait donc promis à atteindre paisiblement l'âge de la retraite. Il la prendrait dans sa maisonnette de Clouds Hill, dans le Wessex, pour méditer et lire. Il travaillait alors, à ses heures libres, à une traduction de *L'Odyssée* pour se faire quelque argent ; il avait été, dans sa jeunesse, bon helléniste. Cette traduction fut achevée en 1932 et publiée par Oxford University Press. En avril 1933, il demanda cependant une libération anticipée ; elle lui fut accordée, mais comme la RAF avait besoin de lui pour superviser les chantiers de construction navale de Felixstowe jusqu'en 1935, elle sursit à sa décision.

Ses années dans les ateliers de mécanique lui avaient, en effet, conféré des connaissances pratiques dans ce domaine. Il avait ainsi conçu un type de canot à moteur rapide, capable de porter secours aux hydravions en détresse et, après deux ans d'efforts, avait convaincu le ministère de l'Air d'en faire construire le prototype et de le mettre à l'essai.

Le lundi 13 mai 1935, Lawrence enfourcha sa moto pour retrouver un ami, Henry Williamson, à Clouds Hill. Alors qu'il doublait deux jeunes cyclistes au sommet d'une côte, il heurta une voiture arrivant en sens inverse ; il fut projeté sur la chaussée. Quand il fut transporté à l'hôpital militaire de Bovington, il était comateux. La nouvelle de l'accident se transmit rapidement à Londres. Quatre médecins éminents furent dépêchés à son chevet. À l'hôpital, ce fut un va-et-vient continu d'estafettes. Le roi téléphona en personne et demanda à être tenu informé de l'état du malade. On dut renforcer le cordon de police qui entourait l'hôpital. Le ministère de l'Intérieur prescrivit que Lawrence fût gardé à vue. De quoi avait-on peur ? Détenait-il un secret d'État que l'on craignait qu'il ne divulguât ? Un témoin – un seul, qui se trouvait par hasard sur les lieux de l'accident – déclara avoir vu une fourgonnette noire suivant Lawrence de peu. Quel était et que contenait ce mystérieux véhicule ? Pourquoi toute allusion à cette « voiture noire » a-t-elle été éliminée des procès-verbaux de l'accident, dressés par la police ? L'auteur des Sept Piliers de la sagesse était-il placé sous surveillance spéciale ? Toujours est-il que, jusqu'à la dernière minute, deux inspecteurs en civil se relayèrent à son chevet.

« J'ai toujours eu le sentiment que quelque heureux accident me ferait couper court à la vieillesse », avait-il écrit six ans plus tôt à un ami, l'architecte Herbert Baker.

Ce fut une faute de conduite qui causa cela.

À l'époque, cependant, la frénésie mythologique qui portait à l'empyrée, non pas le véritable Lawrence, qu'elle ne connaissait pas, mais un personnage imaginaire, se souciait des réalités historiques comme d'une guigne. Depuis le XIXe siècle, l'Occident avait perdu son magnétisme, et les plus audacieux s'enfuyaient vers d'autres cieux en quête d'étoiles neuves. La figure majeure de ce désenchantement est Byron, le poète le plus lu en Occident. Orgueil, violence et passion des causes désespérées, Byron se battait déjà pour défendre un peuple opprimé auquel rien ne le rattachait, les Grecs, et il le paya de sa vie à Missolonghi.

La similitude est frappante, mais aucun biographe ne cite l'influence probable de l'image de Byron sur le jeune Lawrence. Est-ce pour ne pas le désavantager ? Ou bien parce qu'il ne le dit pas lui-même ? On ne peut trancher, mais on peut affirmer qu'il n'est pas un étudiant anglais qui n'ait eu à connaître le héros de Missolonghi au cours de ses études.

Mais Byron n'est que le pionnier d'une horde d'émigrants de l'esprit qui, dans les décennies suivantes, vont chercher un ailleurs au-delà des frontières du monde civilisé. La galerie en est longue ; l'un des premiers et des plus pittoresques est, à coup sûr, le colonel – encore un – Alexander Gardner, qui a sillonné le Turkestan et le Kafiristan, épousé une princesse afghane, rançonné des caravanes en Inde et couronné sa carrière, déguisé en Sikh, en brandissant au bout d'une pique la tête de la maîtresse du vizir de Lahore, coupable de complicité dans le meurtre de celui-ci. Le personnage était alors célèbre, Lawrence ne pouvait l'ignorer non plus. Et il donnait à rêver à des légions de jeunes gens turbulents.

Gauguin était parti pour le Pacifique en 1891 ; Pierre Loti n'en finissait pas de détailler les charmes de la Turquie, de l'Asie et du Pacifique ; au début du siècle, des amateurs s'enthousiasment pour les arts primitifs, africains et autres, où ils croient découvrir l'expression de l'humain fondamental ; un philosophe français, René Guénon, s'exile, lui, en 1911 en Égypte, où il se convertit à l'islam et gagne une audience grandissante. Helena Blavatsky s'élance vers l'Orient « à la recherche de cette étincelle divine que détient tout individu », selon les termes enflammés d'un de ses biographes. Alexandra David-Neel se met en route pour l'Asie et, travestie en homme, elle sera la première femme à jamais franchir le seuil de Lhassa. Henry de Monfreid s'en ira vivre avec les flibustiers et trafiquants de haschich de la mer Rouge… La liste est longue.

Lawrence fut-il un écrivain jeté dans la mêlée par les hasards de ses songeries et de l'histoire ? Le fait qu'il eut de nombreux amis écrivains, John Buchan, George Bernard Shaw et sa femme Charlotte, Thomas Hardy, E. M. Forster et Robert Graves, évidemment, le donne à penser.

Son œuvre littéraire publique consistait en un seul ouvrage, Les Sept Piliers de la sagesse ; *La Matrice* n'ayant été publiée qu'à titre posthume. Graves estime que c'est « sans contredit, un grand ouvrage, quoique trop littéraire », à son humble avis. Mais « sa perfection finit par oppresser ». Et comment s'ôter de l'esprit ce que Lawrence lui-même dit de son livre : « Mon cerveau était aussi prompt et silencieux qu'un chat sauvage [...] et mon moi disait à la bête qu'il était vulgaire de se repaître de la proie. » Outre que des propos aussi sinistres n'incitaient vraiment ni au plaisir ni à l'intérêt de la lecture, ils reflétaient de l'auteur l'image d'un névrosé profond.

Un ouvrage documentaire, alors ? Non, car Lawrence prévient, dans l'avant-propos : « L'histoire que l'on trouvera dans ces pages n'est pas celle du mouvement arabe, mais mon aventure personnelle à l'intérieur de ce mouvement. » George Bernard Shaw fit longtemps attendre son appréciation des Sept Piliers, qu'espérait Lawrence. « Au diable vous et votre livre : vous ne méritez pas plus que l'on vous confie une plume qu'une torpille à un enfant », finit-il par lâcher. Et de critiquer la ponctuation, et de s'alarmer sur les transgressions de la loi de 1911 sur les secrets officiels. Charlotte Shaw fut plus consolatrice que son époux ; elle trouva que *Les Sept Piliers* étaient « l'un des documents personnels les plus passionnants jamais écrits ».

Edward Morgan Forster, écrivain connu et apprécié pour *Route des Indes* et *Chambre avec vue*, entre autres, conseilla à l'auteur d'alléger ses passages philosophiques. Lawrence l'écouta, et l'on ne connaîtra donc jamais la teneur de ces passages. Pour mémoire, Forster avait écrit en 1913 l'un des premiers romans traitant ouvertement de l'homosexualité, *Maurice*, qui ne fut cependant publié qu'en 1971.

Gertrude Bell et le général Allenby furent enthousiastes. De même que Winston Churchill, pour qui l'on lirait Les Sept Piliers aussi longtemps que *Les Voyages de Gulliver* et *Robinson Crusoé*. Compliment ambigu : n'étaient-ce pas des œuvres de fiction ? Tous ces grands esprits avaient-ils bien lu le récit du viol de Deraa ?

Quant à Lawrence, il était, selon ses amis, mécontent de son livre, soit par lucidité, soit par excès d'ambition. Il était d'ailleurs également mécontent de *La Matrice*, s'il faut en croire la dédicace à Edward Garnett, conseiller littéraire de l'éditeur Jonathan Cape : « Tu rêvais que je vienne une nuit avec ce livre, en criant : "Voici un chef-d'œuvre." Brûle-le. Bon, comme tu voudras. »

Ainsi s'achevait le récit de Selim Ahmed, du moins je l'ai cru. Tout au bas de la dernière page, j'ai aperçu, comme gribouillé à la hâte :

Samuel Spade, 12 Cholmeley Park, Londres. 13 mai 1935.

Qui diable était ce monsieur ? Pourquoi, tout à coup, ai-je ressenti la fâcheuse impression que toute cette affaire n'était qu'un stupide jeu de piste imaginé par un esprit torturé, celui d'Alan Carswell ?

15

— Samuel Spade ? répéta Anthony en faisant des yeux ronds. De quel chapeau sort-il encore, celui-là ? Et cette date ? 13 mai 1935 ?

J'ai haussé les épaules.

— Je n'en sais rien, mon ami.

J'ai désigné les dîneurs autour de nous, en ironisant :

— Peut-être que l'un de ces gentlemen saurait nous dire ? Il n'est…

Je fus interrompu par l'apparition du serveur, qui déposa une part de pudding dans l'assiette de Françoise. Comme si elle n'avait attendu que ce moment durant toute sa vie, mon épouse s'empressa de se servir.

J'ai demandé, en retenant une grimace :

— Tu aimes vraiment « ça » ?

— J'adore !

Anthony pointa un index menaçant vers moi.

— Attention ! Tu ne vas pas nous rebattre les oreilles avec tes critiques sur la nourriture anglaise !

— Pas un mot. Promis.

Alors que je me repliais dans le silence, Françoise lâcha soudain :

— C'est la date de l'accident de moto de Lawrence.

— Pardon ?

— 13 mai 1935. C'est la date de l'accident de moto de Lawrence.

Bien sûr. Elle avait raison.

— OK… quel est le lien avec ce Samuel Spade ?

— Délicieux, ce pudding…

J'ai répété ma question.

— Peut-être que le plus simple serait de lui poser directement la question, puisque nous avons son adresse.

Anthony objecta :

— Si ce monsieur est toujours de ce monde. Nous n'avons aucune idée de la date à laquelle le pseudo-Selim Ahmed a écrit son manuscrit. Il y a un an ? Vingt ans ?

— Les renseignements téléphoniques ? suggéra Françoise.

Aussitôt, Anthony quitta la table, et Françoise en profita pour commander une seconde part de pudding.

— Quelle histoire, tout de même ! Quand je pense que tout est parti d'une banale séance de cinéma. Une chose me paraît acquise : le manuscrit de Reading n'existe pas. Je ne comprends pas pourquoi Aldington était si convaincu de son existence.

— Il se peut que le but de Carswell fût de nous faire découvrir le vrai visage de Lawrence… Si c'est le cas, il a réussi !

Je n'eus pas le temps de répondre, Anthony était revenu.

— Mauvaise nouvelle. Mr Spade est mort quatre mois après Lawrence. Sa veuve vient de me le confirmer.

Il a ajouté très vite, en soulevant l'index :

— Mais pas de mort naturelle. Il a été fauché par une voiture devant son domicile et l'on n'a jamais retrouvé le chauffard.

— Une coïncidence ? articula Françoise.

— Ce n'est pas impossible. En revanche, elle devient peu probable si Spade a été lié de près ou de loin à l'accident de T. E. Il y a peut-être un moyen de le savoir. Je connais un journaliste qui pourrait nous aider.

— Explique.

Il se leva d'un seul coup.
— On se retrouve à la maison.
Et il bondit hors du restaurant.

Lorsque Anthony réapparut, il n'était pas loin de 17 heures et nous commencions à nous inquiéter. Il prit le temps de se servir une bière avant de nous remettre une série de photocopies :
— Ce sont des articles de presse.
J'ai pris le premier. Il était du *Daily Mirror*.

LAWRENCE ENTRE LA VIE ET LA MORT
De notre correspondant spécial

Bovington Camp (Dorset), 16 mai 1935.

Les médecins qui se battent pour sauver la vie de Thomas Edward Shaw – Lawrence d'Arabie – à l'hôpital du camp militaire, sont étonnés par sa résistance physique qui, selon eux, autorise tous les espoirs. Voilà maintenant soixante heures qu'il a été hospitalisé après avoir été gravement blessé lors de l'accident dont il a été victime avec sa motocyclette. Depuis, il n'a jamais repris conscience. M. H. W. B. Cairns, le spécialiste du London Hospital, s'est rendu une nouvelle fois ce matin au chevet de Mr Shaw et l'a examiné avant de repartir pour Londres.

Le frère de l'aviateur blessé, Mr A. W. Lawrence, professeur à l'université d'archéologie, est arrivé à Bovington Camp accompagné d'un homme et d'une femme. Ensuite, ils se sont rendus au chalet de Clouds Hill, Moreton, où Mr Shaw vivait depuis son départ de la RAF.

SOUS HAUTE SURVEILLANCE

Depuis l'accident, le chalet est étroitement surveillé par la police. Selon une information exclusive transmise par le

Daily Mirror, *ces précautions ont été prises afin d'assurer la protection de documents de la plus grande importance du ministère de l'Air, que Mr Shaw avait en sa possession.*

Des courriers venus de tout le pays ont afflué à l'intention de Mr Shaw ainsi que des appels téléphoniques et des télégrammes.

Parmi les nombreux amis et relations qui se sont rendus à Bovington Camp, l'un d'entre eux a fait le trajet depuis Londres à vélo. On a noté aussi la présence de lord Carlow, fils du comte de Portarlington.

Lorsqu'un appel téléphonique important a été passé de l'hôpital ce soir, un garde militaire a été immédiatement posté à l'extérieur pour empêcher l'entrée de toutes personnes non autorisées. Le garde s'est retiré une fois l'appel terminé.

Peu avant minuit, le médecin du camp a rendu visite à Mr Shaw et il est demeuré un long moment à son chevet. À minuit, il a été déclaré que Mr Shaw était toujours inconscient et que son état était stationnaire.

Le deuxième article était du *Shields News*, daté du 14 mai.

LAWRENCE D'ARABIE GRAVEMENT BLESSÉ
Mystérieux accident de la route.
Étonnant secret imposé. État critique.

Un étonnant secret est entretenu à propos de l'accident dont a été victime T. E. Shaw, dit Lawrence d'Arabie, ancien aviateur à la RAF, actuellement hospitalisé à l'hôpital militaire de Bovington Camp, Dorset.

Dans un premier temps, il a été déclaré que ses blessures n'étaient pas graves, mais après une enquête, un membre du personnel soignant a indiqué à notre journaliste : « Nous avons reçu dans nos services un Mr Shaw, mais les autorités nous ont imposé de garder le silence absolu sur son état de santé. »

Cette même personne a nié les informations selon lesquelles des membres de la famille du patient avaient fait le déplacement en avion pour se rendre à son chevet, en précisant : « Aucun avion n'a atterri durant la nuit. »

L'accident s'est déroulé dans la matinée de lundi dans le village de Moreton où vivait Mr Shaw.

CONJURATION DU MYSTÈRE

Le colonel Thomas Edward Lawrence, plus connu sous le nom de Lawrence d'Arabie, avait obtenu le titre de « roi sans couronne d'Arabie » après avoir réussi l'exploit de réunir les tribus arabes contre les Turcs durant la guerre. Les services qu'il a rendus lors de la campagne de Palestine furent considérés comme un facteur déterminant de la victoire. L'apothéose de sa carrière fut atteinte lors de son entrée triomphale à Damas, à la tête des tribus arabes.

Depuis la fin de la guerre, sa vie a été entourée d'un grand mystère. Il a rejoint le Royal Tank Corps en tant que civil et, par la suite, a été enrôlé à la RAF comme mécanicien sous le nom de A. C. Ross. Mais son identité a très vite été découverte.

Lorsqu'il était à la Royal Air Force, il a constamment refusé toute promotion et a consacré ses loisirs à l'écriture et à voyager à travers le pays, sur sa motocyclette. Il a quitté le service en mars de cette année et pris sa retraite dans son chalet de Moreton.

Le capitaine Knight, un membre de Bovington Camp, nous a déclaré aujourd'hui : « Mr Shaw est actuellement hospitalisé à l'hôpital militaire et se trouve dans une situation critique. Il souffre de nombreuses contusions et l'on craint une fracture de la colonne vertébrale. Il semble que des spécialistes ont été appelés à son chevet. À cette heure, aucun témoin de l'accident ne s'est manifesté. Selon Mr Samuel Spade, le superintendant de la police, et le caporal Ernest Catchpole, Mr Shaw conduisait sa motocyclette lorsque le drame s'est produit. Un garçon de quatorze ans roulait au même moment à bicyclette. Lui aussi est hospitalisé. Il s'appelle Albert Hargraves et venait d'être embauché trois semaines plus tôt comme garçon boucher chez Mears Dodge and Co. *Il est le fils d'un soldat qui réside à Bovington Camp. À 11 heures ce matin, l'hôpital a déclaré que l'état de santé de Mr Shaw était stationnaire.*

Un troisième article extrait du *Falkirk Herald*, du 25 mai, indiquait :

Lawrence d'Arabie

Lawrence d'Arabie a été enterré mardi dans l'intimité, dans le cimetière de Dorsetshire. Selon ses dernières volontés, les funérailles se sont déroulées dans la plus grande simplicité. Le même jour, le médecin légiste a rendu son verdict : « Décès par accident. » La collision qui s'est produite entre la motocyclette de Lawrence et la bicyclette d'un garçon boucher a mis un terme à un destin exceptionnel et privé la nation d'une personnalité éminente. Il est étrange de constater qu'un homme qui a échappé si souvent à la mort en livrant de furieux combats dans le désert, achève ainsi sa vie. Voilà qui donne matière à s'interroger sur l'ironie de l'existence.

Après la guerre, il était devenu « l'homme mystérieux ». Après avoir vécu une vie aventureuse, il s'était replié dans l'obscur quotidien des casernes, sans doute profondément déçu et amer de voir que les Arabes avaient été trahis. Cet état d'esprit a certainement contribué à entretenir autour de lui une aura chargée de mystère. Si la mort l'avait épargné, peut-être aurait-il eu d'autres occasions de mettre son génie au service de la nation. Nous ne pouvons que nous interroger sur ce qu'il aurait accompli et porter le deuil d'un véritable gentleman.

— Eh bien voilà, constata Françoise. Nous savons qui était feu Mr Spade : le superintendant de la police, et il était bien indirectement concerné par la mort de Lawrence.

Je n'ai pu retenir un ricanement.

— Quelle bonne nouvelle ! Nous allons devoir faire parler un mort.

— *Deux* morts, rectifia Anthony. L'autre témoin, le caporal Ernest Catchpole, est décédé lui aussi, quelques jours après Mr Spade. Selon le médecin légiste, il serait mort noyé alors qu'il était en train de pêcher sur la rivière Frome, à quelques kilomètres de sa maison.

Nous nous sommes dévisagés, Françoise et moi. Que dire ?

J'ai ironisé :

— On se croirait dans un roman d'Agatha Christie.

— Je ne sais pas, mais ça y ressemble beaucoup. En tout cas, figurez-vous que lorsque j'ai appelé le domicile de Mr Catchpole en espérant parler à sa veuve, c'est sa fille qui a décroché. Elle m'a annoncé que sa mère était morte six ans plus tôt. Puis Deborah, c'est son nom, a souhaité savoir qui j'étais et la raison de mon appel. Je lui ai menti. Je lui ai raconté que vous étiez deux journalistes français venus exprès de Paris pour enquêter sur la mort de Lawrence. Sa voix s'est mise à trembloter au bout du fil : « Qu'ils viennent me voir, m'a-t-elle proposé, oui, qu'ils viennent. »

Il conclut :

— Qu'en pensez-vous ?

— Que nous devrions rencontrer cette dame avant qu'elle ne soit victime d'une autre « coïncidence ». Et nous en profiterons pour faire une prière devant la tombe…

J'ai haussé les sourcils.

— Oui, confirma Françoise, la tombe. Celle de Thomas Edward, dit Ned, dit Shaw, dit Lawrence d'Arabie.

16

Deux cents kilomètres séparaient Londres du petit village de Moreton. Mais pouvait-on réellement qualifier de village ce patelin de cent soixante habitants ?

Une gare, une église, celle de Saint-Nicolas ; un pub, une école qui jouxte un surprenant jardin à la française et quelques maisonnettes. Sitôt descendus du train, nous avons pris la direction du cimetière. Il était situé au bout d'un sentier qui serpentait le long de la rivière ; celle où s'était noyé l'infortuné caporal Catchpole. Un sentier baptisé, comme il se doit, « *Lawrence of Arabia* ».

Quelques minutes plus tard, nous étions tous les trois réunis devant la pierre tombale sur laquelle était gravé :

To dear memory of
T. E. LAWRENCE
Fellow of all sovls
COLLEGE OXFORD
Born 16 Avgvst 1888
Died 19 May 1935
The hovr is coming & now is
When the dead shall hear
The voice of the
SON OF GOD
And they that hear
shall live

La tombe elle-même était d'une simplicité émouvante qui nous a serré le cœur. Simplicité qu'éclairait un magnifique bouquet de roses. Une carte y était épinglée, sur laquelle était écrit : « En mémoire de T. E. S., 2023 apr. J.-C. »

Anthony a commenté :

— Quelqu'un pense encore à lui. C'est touchant.

— Mais que signifie « 2023 apr. J.-C. » ?

— Aucune idée.

J'ai essayé de détendre l'atmosphère.

— Peut-être l'année de sa résurrection ?

Ni Françoise, ni Anthony n'ont souri.

Étrangement, malgré mon attitude désinvolte, je crois que j'étais le plus ému, la poitrine prise dans un étau indicible. La vision de ce corps un temps flamboyant réduit à quelques ossements me traversa la pensée, et j'ai vraiment cru que j'allais avoir un malaise.

Françoise s'est signée, puis elle a dit dans un chuchotement :

— Laissons-lui la paix.

Ce fut murés dans le silence que nous avons fait le chemin à l'envers jusqu'à la maison de Deborah Catchpole.

Une maison typiquement *british*, entourée d'un jardinet à la pelouse impeccable, perfection dont seuls les Anglais sont capables.

Elle nous a ouvert la porte. Sourire aux lèvres. On eût dit qu'elle était comme soulagée de nous recevoir. Elle devait avoir une quarantaine d'années, un visage avenant, encadré de longs cheveux frisés, le teint semé de taches de rousseur.

— Entrez, entrez… J'ai préparé du thé et des scones. Vous aimez les scones, j'espère.

À l'intérieur, le décor était tout aussi *british* que les scones : des poutres, du parquet, une cheminée sur laquelle trônaient des photos de famille sans doute, des plaids rose pâle qui habillaient deux épais divans et, dans un coin du salon, un imposant vaisselier en bois patiné. L'ordre parfait qui régnait laissait supposer qu'il n'y avait pas d'enfants, ni de mari.

Elle nous invita à nous asseoir et, tout en se déplaçant vers la cuisine, elle dit :

— J'imagine que vous êtes allés visiter la tombe de ce pauvre Lawrence ?

Nous n'avons pas eu le temps de répondre qu'elle était déjà revenue. Elle déposa sur la table basse un plateau et, sans attendre, versa un thé fumant dans des tasses de porcelaine aux motifs fleuris.

— Du lait ? proposa-t-elle en soulevant un petit pot.

Anthony fut le seul à opiner.

Elle indiqua ensuite une assiette de scones aux raisins et ajouta :

— Je vous en prie, servez-vous.

Un chat siamois, sorti de nulle part, bondit sur mes genoux.

— Ne vous inquiétez pas, me rassura Deborah, il est très câlin. Il s'appelle Simba.

J'ai grimacé un sourire.

— Charmant.

Les chats m'ont toujours mis mal à l'aise.

— Mon père n'est pas mort noyé, laissa-t-elle tomber brusquement.

Elle se hâta de s'enquérir :

— Vous êtes bien journalistes ?

Nous avons menti en chœur.

— Alors, il faudra écrire la vérité. Il n'est pas mort noyé.

Pour d'obscures raisons, le chat s'est mis à ronronner.

— Vous voulez dire que…, avança Françoise.

— Il a été assassiné par les services secrets britanniques, tout comme Samuel Spade, le superintendant. Je l'ai dit et redit à la police, personne ne m'a crue ou n'a voulu me croire.

J'ai observé :

— Madame Catchpole…

— Deborah…

— Deborah, c'est une accusation très grave que vous formulez. Qu'est-ce qui vous fait penser à des assassinats ?

Elle but une gorgée de thé, puis prit une brève inspiration.

— Mon père a fait son service militaire. Et savez-vous dans quelle unité ? La marine. Oui, monsieur, la marine. Et – tenez-vous bien – dans les SBS.

Avant que nous lui posions la question, elle a précisé :

— Les *Special Boat Services*. Les commandos d'hommes-grenouilles. Vous avez déjà vu un homme-grenouille se noyer dans une rivière ? Qui plus est la Frome ? Une rivière d'un calme absolu, sans l'ombre d'un remous…

Elle émit un petit ricanement.

— Allons ! Ils nous ont pris pour des imbéciles !

Anthony a suggéré :

— Il a pu avoir un malaise, un problème cardiaque, et il est tombé à l'eau.

— Dans ce cas, le médecin légiste l'aurait noté dans son rapport. Ce qui n'est pas le cas. Il a juste mentionné : « Mort par noyade. » Or, quand j'ai vu le corps, j'ai noté des ecchymoses au front et au cou. Lorsque je les ai signalées au *coroner*, il m'a répondu par un haussement d'épaules : « C'est normal. Il a heurté violemment le fond. »

— Et Spade ?

Elle nous tendit l'assiette de scones.

— Ils sont aux raisins.

Nous nous sommes servis.

— Quant à Spade… Un témoin a clairement vu la voiture foncer sur lui. Ce n'était pas un accident, et cette voiture n'appartenait pas à quelqu'un du coin. Nous connaissons tous les véhicules et leurs propriétaires. Cette voiture venait d'ailleurs.

Nous avons échangé un regard. Aucun de nous ne semblait convaincu par les affirmations de l'Anglaise. Elle a dû le remarquer, car elle s'est levée soudainement et a quitté le salon.

— Je reviens.

Le chat a bondi comme s'il venait d'être piqué par un moustique et lui a emboîté le pas.

— Qu'en pensez-vous ? ai-je demandé.

— Elle affirme, mais elle n'a pas la moindre preuve, a répondu Anthony.

— Moi, je la crois, rétorqua Françoise. Je suis encore capable de discerner une mythomane d'un être normal. Cette femme est sincère.

Deborah est réapparue. Elle tenait un carnet à spirales et une paire de lunettes. Elle reprit sa place, posa ses lunettes sur son nez, et :

— Vous avez un peu de temps, j'espère ?

Nous avons confirmé.

— Écoutez-moi bien. Ce sont les notes que mon père a réunies sur cette affaire. Elles ne sont pas inintéressantes.

Elle lut, d'une voix fébrile :

— « Vers 11 h 20, le 13 mai 1935, je promenais mon chien à une cinquantaine de mètres de la route, non loin du camping de Clouds Hill, une petite route à double sens. À ce moment, j'ai entendu le bruit d'une moto qui se dirigeait vers Bovington. L'engin roulait entre 50 et 60 miles à l'heure. Une voiture noire – une Talbot-London – le précédait. Elle n'allait pas vite. Le motocycliste n'a pas eu de problème pour la doubler. Mais, presque aussitôt, je l'ai vu faire une embardée afin d'éviter deux cyclistes. Occupé à dépasser la voiture, il n'avait pas dû les voir. Un choc a retenti et je me suis précipité sur la route. La moto était à terre, littéralement broyée. Le motocycliste, allongé sur le bas-côté droit, avait le visage en sang. L'un des deux cyclistes gisait plus loin, sur le côté gauche. Miraculeusement, un camion militaire qui venait de quitter le camp de Bovington est arrivé vers nous. J'ai demandé aux occupants d'emmener les blessés à l'hôpital, ce qu'ils ont fait.

« Quarante-huit heures plus tard, j'ai été convoqué au poste de police de Bovington pour être interrogé en tant que témoin. J'ai été reçu par le superintendant Samuel Spade. Je connaissais Spade. Nous étions amis. Nos enfants fréquentaient la même école. Je lui ai décrit tout ce que j'avais vu et que les cyclistes pourraient confirmer. Il m'a alors rétorqué : "Impossible, les deux garçons ont été placés au secret." Comme je manifestais mon étonnement, il m'a répondu : "Ne cherche pas à comprendre."

« Le mois suivant, Spade est venu me rendre visite. Je lui ai trouvé un air anxieux. "Cette affaire ne sent pas bon", m'a-t-il dit. Ce sont ses propres mots. Il m'a confié que son frère aîné, qui travaillait au MI5, lui a révélé que le dossier avait été classé "D". Et que… »

J'ai coupé Deborah.

— Pardonnez-moi, que signifie « D » ?

— Le système *D-notice*. C'est un accord tacite entre le gouvernement et les médias afin de garantir que les journalistes ne mettent pas en danger la sécurité nationale. Il a été créé en 1912, à la veille de la Première Guerre mondiale, lorsque les barons de la presse, farouchement antiallemands, n'étaient que trop heureux d'empêcher l'ennemi d'accéder à des renseignements utiles. Vous conviendrez que, dans le cas de Lawrence, on ne voit vraiment pas comment un banal accident de moto aurait pu mettre en danger la sécurité nationale !

Nous avons dû admettre que notre hôtesse avait raison.

Elle a replongé le nez dans son calepin.

— « Spade m'a dit ensuite avoir été autorisé à interroger les deux cyclistes. Le premier, celui qui avait été blessé, s'appelait Albert Hargraves. Un garçon boucher de quatorze ans. Il a déclaré qu'il roulait à 4 à 5 pieds derrière Frank Fletcher (son compagnon), qu'ils avançaient à une vitesse raisonnable, les deux mains posées sur le guidon. Hargraves a indiqué avoir entendu le bruit d'une moto qui se rapprochait d'eux. Après le choc, il a perdu conscience et s'est réveillé à l'hôpital. J'ai demandé : "Et la voiture noire, la Talbot-London ? Il ne t'en a pas parlé ?" Spade a secoué la tête. « Pas un mot, j'ai pourtant posé la question deux fois. Hargraves jure qu'il n'a vu aucune autre voiture, à part celle qui venait dans leur direction. » Ensuite, Spade est allé chez l'autre garçon, Frank Fletcher. Celui-ci lui a confirmé en tout point le récit de son camarade. Il a indiqué qu'après le choc, le vélo de Bert (Albert) est tombé sur lui et l'a fait chuter. Lorsqu'il s'est relevé, il a eu le temps d'apercevoir Mr Lawrence qui passait par-dessus le guidon de sa moto et qui s'était écrasé quelques mètres plus loin, la tête la première. Fletcher se serait ensuite agenouillé près de Bert qui – étrangement – lui a confié le livre de comptes de la boucherie. Il dit aussi avoir vu trois centimes éparpillés sur la route. C'est tout. Et, comme son camarade, il a affirmé n'avoir pas vu de voiture noire. Il semble que les deux garçons étaient visiblement gênés, et il était convaincu qu'ils cachaient quelque chose. »

Deborah arrêta sa lecture pour nous faire remarquer :

— L'histoire de Fletcher concorde donc avec celle de Hargraves. Tous deux confirment qu'ils n'ont jamais croisé de voiture depuis le moment où ils ont quitté le camp de Bovington.

J'ai suggéré :

— Ne serait-il pas possible que cette voiture soit sortie du camping Clouds Hill *après* que les garçons l'ont dépassée mais *avant* que Lawrence ne l'atteigne ?

— Impossible. Les garçons ont tout simplement menti !

Elle posa son calepin avant de reprendre :

— Si vous aviez connu mon défunt père, vous sauriez que ce n'est pas le genre d'homme qui baisse aisément les bras. Il a persuadé Spade de poursuivre l'enquête, mais à leur propre compte. Après quelques semaines de recherches, ils ont découvert un livreur qui, le jour de l'accident, se rendait à bord de sa camionnette au camp militaire de Bovington. Il a confirmé les dires de mon père. Alors qu'il n'était plus éloigné de l'entrée du camp, il a vu dans son rétroviseur une voiture noire, une Talbot-London, mais sur le moment, il n'a pas fait de rapprochement avec l'accident et n'a pas jugé utile d'en parler à la police. Par ailleurs, il faut noter que, dès que Lawrence a été admis à l'hôpital – avec une célérité pour le moins surprenante – des officiers de la *Special Branch* ont débarqué et placé le lieu sous surveillance. La *Special Branch* étant chargée des questions de sécurité nationale afin de, je cite, « protéger des documents vitaux que Mr Lawrence avait en sa possession ». Autre détail curieux, tous les soldats cantonnés au camp militaire de Bovington ont reçu l'ordre de garder le silence, et dans l'heure qui a suivi l'accident, le *cottage* de Lawrence a été mis sous scellé.

— Tout cela est bien étrange, en effet, murmura Anthony, mais ne m'en veuillez pas... Où cela nous mène-t-il ? Pourquoi pensez-vous que votre père et son ami ont été assassinés ?

— Mon père, son ami... et Mr Lawrence !

À présent, ses mains tremblaient.

— Il faut que vous sachiez ceci : un jour, le frère aîné de Spade, qui avait ses entrées au MI5, lui a confié sous le sceau du secret que, pour le gouvernement de Sa Majesté, Lawrence était devenu indésirable, et ce pour maintes raisons. D'abord, parce qu'il continuait de correspondre avec l'émir Fayçal d'Arabie saoudite. Ce dernier était en colère contre les Alliés qui n'avaient pas tenu leurs promesses et, surtout, il jugeait inacceptable la déclaration Balfour qui ouvrait la voie à l'installation de colonies juives en Palestine. D'après leurs échanges, interceptés par les services secrets, Lawrence approuvait l'émir et était même disposé à déclencher une seconde révolte arabe pour que le projet Balfour n'aboutisse pas. Vous imaginez les conséquences ?

— Ce serait donc des sionistes qui seraient derrière son assassinat ? questionna Françoise. C'est absurde ! Il a toujours été l'un de leurs plus fervents défenseurs.

— Ce n'est que l'une des hypothèses. Il y en a une autre, tout aussi intéressante. Quelque temps avant sa mort, Lawrence s'était rapproché de sir Oswald Mosley, le chef de l'Union britannique fasciste. Et, le jour de son accident – nul n'en parle –, il était en route pour rencontrer son bon ami, Henry Williamson. Savez-vous qui était ce personnage ?

Nous avons reconnu que non.

— Un an auparavant, Williamson avait visité le congrès du Parti national-socialiste allemand des travailleurs, à Nuremberg. Il fut très impressionné par le mouvement de la Jeunesse hitlérienne, dont il comparait la saine vision de la vie à la jeunesse maladive des bidonvilles de Londres. Il était convaincu que Hitler était essentiellement un homme bon, qui voulait seulement construire une Allemagne nouvelle et meilleure. Le cher Führer s'opposait à la guerre, convaincu qu'elle était suscitée par les usuriers juifs. Lui aussi était membre de l'Union britannique des fascistes d'Oswald Mosley. Lawrence, comme d'autres vétérans de la Première Guerre mondiale, abhorrait l'idée d'une autre guerre en Europe. Comme Mosley et Williamson, il considérait le dialogue avec Hitler comme une étape nécessaire pour l'empêcher. Il se fait que les services secrets ont appris qu'il était sur le point d'adhérer publiquement au mouvement dit « pacifiste ». Ce qui eût été extrêmement embarrassant pour les partisans de la guerre.

Elle conclut :

— On l'a donc éliminé, comme on a éliminé Spade et mon père. Ils en savaient trop.

Nous sommes restés muets. Que dire ? Il y avait dans ce discours un tel faisceau de présomptions et, donc, si peu de preuves...

Après un long moment, j'ai demandé :

— Avant de venir vous rendre visite, nous avons visité la tombe de Lawrence. Nous y avons découvert une inscription : « En mémoire de T. E. S., 2023 apr. J.-C. » Savez-vous ce qu'elle signifie ?

Deborah fit non de la tête.

— Tout ce que je peux vous dire, c'est que ce bouquet est livré chaque année au presbytère de l'église de Moreton à l'occasion de l'anniversaire de la naissance de Lawrence, le 16 août. On peut supposer que les dernières roses seront livrées en 2023 ? Il y a un an, quelqu'un a déposé un mot sur la tombe. Il disait : « J'ai gardé le secret. » Nous n'avons jamais su qui en était l'auteur.

Deborah se pencha vers nous, tout à coup implorante :

— Vous publierez tout ce que je vous ai dit ? Vous me le promettez ? Je veux sauver l'honneur de mon père. Je vous en prie.

Françoise prit sur elle d'acquiescer. Mais était-elle sérieuse ?

17

Paris, 1963

Pendant près d'un an, Françoise et moi avons poursuivi notre enquête sur les causes du décès de Lawrence, et les conclusions auxquelles nous sommes parvenus étaient bien différentes de celles de Deborah Catchpole.

Il n'y avait jamais eu de voiture noire.

La route sur laquelle roulait Lawrence était à l'époque très étroite et, à l'endroit précis où s'était produit l'accident, elle formait une déclivité qui, le temps de la gravir, masquait la vision. C'est en surgissant au sommet de cette petite côte que T. E. s'est retrouvé derrière les deux jeunes cyclistes. Pris au dépourvu, il a cherché à les éviter, a heurté la roue arrière du vélo de Hargraves et a dérapé. Éjecté de sa moto, il a heurté le sol avec une extrême violence. Il a perdu connaissance et a sombré dans le coma. Très vite, les meilleurs spécialistes se sont précipités à Bovington. Le roi George V lui-même a immédiatement diligenté son médecin personnel. D'autres éminents spécialistes se sont succédé, en vain. T. E. est mort six jours plus tard, le 19 mai, dans la soirée.

Nous avons évoqué la thèse du suicide. Il apparaît que Lawrence était extrêmement déprimé à cette époque. Mais, dans ce cas, il aurait tout simplement utilisé l'arme qui était toujours en sa possession. Donc, cette thèse ne pouvait être admise.

Les funérailles se sont déroulées le 21 mai 1935, dans l'après-midi, en l'église Saint-Nicolas de Moreton. Le roi a fait parvenir le message suivant à Arnold, l'un des frères de Lawrence : « Nous avons appris avec un regret sincère la mort de votre frère et nous partageons sincèrement votre deuil et celui de votre famille. Le nom de votre frère vivra dans l'Histoire, nous reconnaissons avec gratitude les services distingués qu'il a rendus à son pays et estimons qu'il est tragique qu'une telle fin ait pu briser une vie encore si pleine de promesses. »

À Bagdad, où de nombreux compagnons d'armes arabes de Lawrence occupaient désormais des postes importants dans l'administration, la nouvelle de sa mort fut vécue comme une grande perte pour la cause arabe. Le roi Ghazi a télégraphié à la légation irakienne, à Londres, pour demander au chargé d'affaires de transmettre au ministère des Affaires étrangères et à la famille ses plus vives condoléances. Le ministre irakien des Affaires étrangères, Nouri Pacha Saïd, a aussi envoyé un message au frère de Lawrence, qui disait : « Je suis profondément affligé d'apprendre la mort de votre frère. Les Arabes n'oublieront jamais son zèle et son brillant travail en faveur de la liberté. Veuillez accepter nos sincères condoléances. »

Le cercueil de Lawrence, drapé dans l'Union Jack, fut emporté dans la petite chapelle du village de Moreton. Selon les dernières volontés du défunt, il n'y eut pas de fleurs et aucune garde d'honneur. Les personnes présentes, quel que fut leur rang, étaient en tenue civile.

Le service funèbre fut bref. Il commença par le psaume XXI, lu par le chanoine Canon Kinloch, puis on entonna l'hymne « Jésus aimant de mon âme », et le service s'est achevé par le *Nunc dimittis*[1]. Cent soixante-dix personnes étaient réunies, soit le maximum que pouvait contenir la petite chapelle.

Parmi les fidèles, on a noté la présence de Florence Hardy, l'épouse de l'écrivain, Mrs Winston Churchill, le sculpteur Augustus John, lady Astor, Mrs Siegfried Sassoon, l'aviateur Bradbury de la RAF et le soldat Russell du Royal Tank Corps. Il y avait aussi des représentants du roi d'Irak et de l'émir Abdullah. En revanche, ni Bernard Shaw, ni son épouse (en déplacement en Afrique du Sud), ni l'écrivain E. M. Forster, ni le général Allenby, ni Robert Graves, son biographe, ne s'étaient déplacés. Quant à l'émir Fayçal, il était mort en Suisse, deux ans auparavant. Seul Arnold, le frère de Lawrence, était là. Frank et William étaient décédés quatorze ans auparavant. Tous deux avaient été membres du corps expéditionnaire britannique en France. Le premier était mort le 9 mai 1915 à Richebourg-l'Avoué, dans le Pas-de-Calais, le second, pilote de reconnaissance, périt lorsque son avion s'écrasa en mer, à une date indéterminée de l'automne de la même année. Quant à sa mère, Sarah, elle venait tout juste de rentrer de Chine et ignorait encore que son fils n'était plus.

Il nous restait à élucider le mystère des bouquets de roses déposés tous les 16 août sur la tombe de Lawrence. Nous avons cru réussir le jour où Anthony est tombé sur une interview publiée dans le *Sunday Express*. La personne interrogée était le Dr Susan… Lawrence. Une cancérologue originaire de Californie. Elle avoua avoir changé son patronyme en « Lawrence » de façon à se sentir plus proche de cet homme qu'elle adulait. Elle

1. Ou *Cantique de Syméon* : prière chrétienne traditionnelle, directement reprise du Nouveau Testament.

ajouta qu'elle ne pouvait en dire plus. Elle a également déclaré avoir vu le film de David Lean, *Lawrence of Arabia*, au moins une douzaine de fois, et ajouté qu'elle venait trois fois par an en Angleterre pour se recueillir sur la tombe, le 16 août, jour de la naissance de Lawrence et le 19 mai, date de sa mort. Sa troisième visite coïncidait toujours avec une date, dans le courant du mois de novembre, qui correspondait à celle du viol présumé de Lawrence par les soldats turcs de Deraa. Cependant, cette jeune femme a nié être l'expéditrice des roses blanches déposées sur la tombe chaque année, et nous n'avons pas pu élucider l'énigme que nous posaient ces mots : « En mémoire de T. E. S., 2023 apr. J.-C. »

Peut-être le mystère qui avait accompagné la vie de Lawrence devait-il se poursuivre après sa mort.

Au terme de cette quête, on demandera : que peut-on penser, près d'un siècle plus tard, de Thomas Edward Lawrence ? La réponse est simple : il fut un pathétique enfant du XXe siècle parce qu'il était imprégné de cette aspiration à être un autre et à être ailleurs, qui hanta la jeunesse de ce siècle. Il s'inventa et se laissa inventer, il a fui son pays, jusqu'à ce que le mirage oriental se dissipât et que l'évidence s'imposât : il n'était pas arabe et ne pouvait continuer à prendre des engagements que la politique britannique n'entendait pas tenir.

Pathétique aussi pour deux raisons. La première, qui touchait à sa vie privée, était sa phobie du contact physique et le mépris de son corps ; ces deux infirmités le condamnaient à une solitude irrémédiable, qui ne fut sans doute interrompue qu'à de brèves exceptions, telles que la brève période où il accepta que Dahoum fût à ses côtés. Il vécut donc seul dans la joie et dans l'épreuve, il ne pouvait partager ses émotions que par le truchement de mots avec des amis, mais des amis qui seraient aux abonnés absents à l'heure des épreuves.

La seconde raison pour laquelle il apparaît comme pathétique est qu'il s'était avisé, à la fin, qu'il ne détenait pas de vrai pouvoir. Son rôle en Orient s'était limité à celui de conseiller associé, à celui de chef de sabotages. Ni Fayçal, ni ses frères, ni les chefs arabes n'avaient pu conserver longtemps leurs illusions sur ses vraies capacités à influencer les dirigeants britanniques.

Sa mère Sarah Junner ne lui a pas seulement fait prendre en aversion la religion qu'elle pratiquait avec son fanatisme outrancier, elle ne l'a pas seulement retranché de la compagnie des femmes, mais elle l'a aussi enfermé dans un Moi qu'il détesterait à jamais. Et cet effet désastreux n'était pas dû aux mauvais traitements et au fouet seulement, mais également à l'asservissement auquel, selon lui, elle avait réduit son père. Il le dit clairement dans la même lettre à Charlotte Shaw: « C'est à ma mère que je dois cette horreur de tout ce qui est famille et indiscrétion. »

Il a rejeté à jamais l'élan de confiance et de désir qui unit deux êtres. Et si l'on peut s'étonner qu'il y ait cédé pour Dahoum, le seul dont il livre lui-même le nom, on ne peut que déplorer que, tout le reste de sa vie il se soit reclus dans cette peau galeuse et empaillée évoquée plus haut et qui était donc son Moi.

D'abord victime d'un rigorisme éducatif outrancier, alors prôné par certains groupes religieux, il fut ensuite habité par un mode de représentation du monde détaché de la réalité: sa bâtardise, alors considérée comme une tare sociale, l'avait imprégné de l'idée qu'il était un individu indigne et méprisable. D'où la propension à s'inventer un personnage et à lui prêter des noms d'emprunt.

Philosophiquement, Lawrence est un nihiliste. Parlant des parents, il écrit dans Les Sept Piliers : « Je demandai [à Auda] comment ils pouvaient regarder avec plaisir des enfants, preuves incarnées de la luxure consommée, rampant comme un ver hors de la mère cette chose ensanglantée, aveuglée, qui n'était rien d'autre qu'eux-mêmes. » Propos révoltants qui trahissent sa haine de la vie, au-delà de celle qu'il se porte à lui-même. Ce n'est pas un accident de la pensée. Cinq ans plus tard, le 10 juin 1924, il écrira à Charlotte Shaw : « La naissance me paraît être un accident [...] triste et sordide. [...] Quoi ! Si les pères et les mères réfléchissaient avant de faire venir des enfants dans ce monde misérable, seuls des monstres forcenés parmi eux oseraient aller jusqu'au bout du processus. »

Il devint en réalité victime de la légende qu'il avait lui-même entretenue.

Il suffit de se souvenir qu'en 1926, il demanda à être muté en Inde afin d'éviter la publicité qui suivrait lorsque son ouvrage, *Révolte dans le désert*, serait publié.

Après un voyage détestable sur le *Devonshire*, où les passagers étaient serrés « comme dans un métro aux heures d'affluence » et où la promiscuité était intenable, à son arrivée en Inde, il se trouva affecté au dépôt de Drigh Road, à Karachi. Ni le climat, ni les conditions de vie n'étaient particulièrement amènes, et le travail n'était guère passionnant : Lawrence était chargé d'enregistrer les révisions des pièces de tous les moteurs. Et, par-dessus le marché, le commandant de la base avait doublé la durée des exercices physiques des recrues.

Lawrence détesta Drigh Road, Karachi, l'Inde et l'administration coloniale. Il vécut là-bas dix-huit mois. En avril 1928, il écrivit à sir Geoffrey Salmond, qui commandait l'aviation anglo-indienne, pour demander un transfert sur une autre base aérienne. Salmond, qu'il avait connu en Palestine, le fit muter au fort de Miranshah, à une quinzaine de kilomètres de la frontière afghane, au sud du col de Khyber, le célèbre Khyber Pass, défilé stratégique entre l'Afghanistan et le Pakistan par lequel étaient passés tous les envahisseurs de l'Inde. C'était une véritable forteresse, avec vingt-cinq aviateurs et sept cents auxiliaires indiens soumis à l'interdiction de sortie ainsi qu'au couvre-feu.

Ce fort surveillait l'agitation chronique des tribus afghanes, entretenue par les Russes au temps des tsars et poursuivie par les Soviétiques. Quand les hordes des tribus d'Afghanistan, notamment les Afridis, menaçaient le Pendjab, les ripostes aériennes les ramenaient à la raison à coups de bombes et de mitraillages.

Ce fut à Miranshah que Lawrence d'Arabie rattrapa le mécanicien T. E. Shaw. Des journalistes américains eurent vent de sa présence et la révélèrent aux publics internationaux : le bouillant colonel préparait-il une révolte en Afghanistan ? Guère en manque d'imagination, des journalistes de l'*Evening News*, à Londres, racontèrent que Lawrence, « déguisé en saint homme musulman », visitait les lieux saints et les tombes des saints musulmans dans le Pendjab, surveillant les agents soviétiques parce que ceux-ci préparaient un soulèvement en Inde. Les Soviétiques, qu'irritait l'influence britannique dans ce pays, dénoncèrent une opération de « l'agent de l'impérialisme anglais », et le gouvernement afghan annonça que l'agent Lawrence serait arrêté dès son entrée dans le pays, puis ordonna à la population de l'abattre sur place. Il était, en effet, soupçonné de pousser les tribus à se soulever contre le roi Amanullah, qui tentait de moderniser le pays et que l'on disait soutenu par Moscou.

Les journaux rivalisèrent d'affabulation. Sous le titre « La mission secrète du colonel Lawrence en Afghanistan », le *Sunday Express* du 30 septembre 1928 écrivit : « Le mystère perpétuel des mouvements du colonel Lawrence s'est encore épaissi. Une information de bonne source circule à Londres, selon laquelle il est engagé dans une mission secrète en Afghanistan pour faciliter la négociation d'un traité entre la Grande-Bretagne et ce pays. » La troisième guerre d'Afghanistan s'était achevée moins de dix ans plus tôt, et ce genre de rumeur n'était pas de nature à calmer les esprits.

La presse indienne, américaine puis soviétique se mit de la partie. Un certain Francis Havelock, missionnaire en Afghanistan, publia une interview totalement imaginaire de Lawrence ; *La Pravda* déclara que l'apparition du colonel Lawrence présageait toujours d'une intrigue ou d'une provocation de l'impérialisme britannique et qu'il préparait une vaste conspiration contre les Soviets.

L'affaire revêtit cependant des conséquences sinistres : lors des infâmes procès de Moscou, organisés par Staline pour éliminer ses adversaires politiques, des inculpés « avouèrent » leur trahison en alléguant de contacts avec l'agent secret britannique Lawrence. Aveux forcés, comme on s'en doute. Les travaillistes réagirent en exigeant la publication de la liste complète des affectations de Lawrence, de décembre 1926 à février 1929.

« Je suis affligé par cette affaire russe, déclara Lawrence, où quelques malheureux sont jugés pour trahison après s'être prétendument associés avec moi. »

Le *Times* du 14 août 1930 signala que les Allemands, eux, croyaient que l'insurrection en Afghanistan avait été organisée par Lawrence, lequel était crédité de pouvoirs extraordinaires. Le roi George V lui-même s'en émut et fit publier par le Foreign Office un démenti formel, intitulé « L'influence pernicieuse de la légende de Lawrence d'Arabie sur les esprits européens ». On n'eût su mieux dire : ce maelstrom de fadaises tournait à l'hallucination collective. Parmi les fabrications les plus pittoresques, il faut citer celle que retrouva le biographe André Guillaume, où Lawrence était confondu avec un lama tibétain et un agent secret indien, Hurre Babou. Cette invention échevelée causa d'ailleurs la mort d'un authentique ascète, Sayed Karam Chah, qu'une foule de Lahore prit pour Lawrence et lyncha sur place.

« Quelque part dans les montagnes sauvages de l'Afghanistan, écrivit l'*Empire News* de Manchester, sur les pentes rocheuses où nichent des troglodytes, un guide spirituel émacié qui porte les insignes de pèlerin, homme de prière, poursuit sa quête solitaire et sacrée. C'est le colonel Lawrence, l'homme le plus mystérieux de l'empire. Il est en réalité le proconsul suprême de la Grande-Bretagne en Orient. »

Folie ! La légende avait dévoré l'homme.

Françoise et moi avons eu une ultime pensée pour le manuscrit perdu ou pas de Reading, et une citation tirée du film de John Ford *L'homme qui tua Liberty Valance*, m'est revenue en mémoire : « Si la légende est plus belle que la réalité, publie la légende. »

Moi, Jésus, Albin Michel, 2007.

Le Colonel et l'Enfant-roi, JC Lattès, 2006.

Un bateau pour l'enfer, Calmann-Lévy, 2005.

La Reine crucifiée, Albin Michel, 2005.

Les Silences de Dieu, Albin Michel, 2004. Grand Prix de littérature policière.

Akhenaton, le dieu maudit, Flammarion, 2003.

L'Ambassadrice, Calmann-Lévy, 2002.

Des jours et des nuits, Gallimard, 2001.

À mon fils, à l'aube du troisième millénaire, Gallimard, 2000.

Le Livre des sagesses d'Orient, Éditions 1, 2000.

L'Enfant de Bruges, Gallimard, 1999.

Le Dernier Pharaon, Méhémet Ali, Pygmalion, 1997.

Le Livre de saphir, Denoël, 1996. Prix des libraires.

La Fille du Nil, Denoël, 1993.

L'Égyptienne, Denoël, 1991.

Avicenne ou la Route d'Ispahan, Denoël, 1989.

La Pourpre et l'Olivier, Denoël, 1987.

Cet ouvrage a été composé
par Soft Office
à Eybens (Isère)

Impression réalisée par

NORMANDIE ROTO IMPRESSION S.A.S.
à Lonrai (Orne)

en octobre 2021
pour le compte des Éditions de l'Archipel,
département éditorial de la S.A.S. Écriture-Communication

Imprimé en France
N° d'impression : 2105002
Dépôt légal : novembre 2021